極楽よのう

内田健太郎

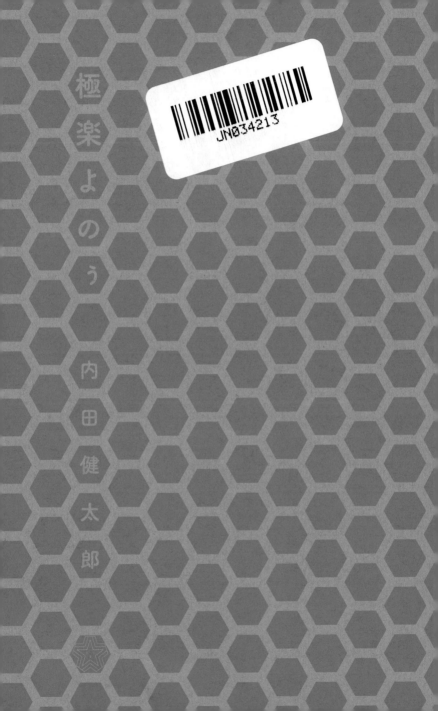

序

「あっこ（あそこ）の家のもんが亡くなったけえ、挨拶に行ってきんさい」

ある日の午後、親分は僕に向かって唐突にそう告げた。ちょっとスーパーまでのお使いを頼むかのような、そんな軽い口調だったので、僕は一瞬なんのことだかわからなかった。

百歳で亡くなったというその人の名前や家の場所を聞いても、まるでピンとこない。話したことはおろか、会ったことさえない人だ。島暮らしを始めてまだ日の浅かった僕は、同じ村の人ですら知らない人がたくさんいた。

いったい何をどうやって挨拶したらいいというのか。

「これから寂しうなりますねとか、そんな感じで言ったらええわ」

僕の疑問を見透かしたかのように、親分はあっさりと言い放った。

知らない人の家に上がって、死んでしまった知らない人に手を合わせ、線香を上げる。おぼつかない動作で、なんとかその儀礼を済ませ、僕は残された家族の方に挨拶をした。親分に言われたままの言葉を、僕はそっくり自分の口から出したが、どうしても目を合わせることはできなかった。人の死に際だというのに、あまりにも無感情な自分がなんだか不謹慎に感じられて、僕は逃げるように家へと急いだ。

驚いたのは次の日の朝だ。

親分の言いつけ通りに、再度そのお宅へ伺うと、家の外には、村中の人が立っていた。それは文字通り村中の人間で、この村にこんなにたくさんの人がいたのかと目を見張った。ど平日の朝九時である。

外に用意された香炉《こうろ》に順番に焼香《しょうこう》していく。焼香の最中は神妙な顔つきだが、自分の番が終わった後はみんな普通に世間話をしている。それどころか、笑顔さえ見え、笑い声も聞こえる。

出棺の時間がきて、棺桶《かんおけ》を家から霊柩車《れいきゅうしゃ》まで運ぶ。若者が極端に少ない村の中だ。担ぎ手が足りていなそうだったので、僕は進み出て、棺桶の担ぎ手の一人となった。家の中から運び出す棺桶をバトンのように数名が受け取る。軽い。数名の男で担いでいるとはいえ、棺《ひつぎ》はあまりにも軽かった。命と一緒に重さまで消えてしまったのだろうか。

霊柩車の荷台へと棺を滑り込ませていく。

バタンと扉が閉められ、とても長いクラクションが村中に響き渡った。それを合図に車はゆっくりと発進した。見えなくなるまで、そこにいた誰もが手を合わせていた。

「極楽よのぅ」

隣にいた親分の口から静かに声が発せられた。

極楽。

死後の世界を表す意味として、この言葉を人の口から直接聞いたのは、おそらくこれが初めてだ。なぜかはわからないが、この言葉はそれから何日も、いや何年も経った今でも、僕の頭の中に居座り続けている。

親分とはいったい誰なのか。

親分とはつまり、大勢の人に頼りにされ、手を差し伸べる人。

前にこんなことがあった。

親分の友人が運営していた、ある朝市での出来事。ヤクザ者に因縁をつけられて困っているという電話が入ったのですぐに車で現場まで駆けつけた。どうやら朝市の駐車場に入る時に、車高が異様に低いその車が車体の腹をこすり、こんなところに段差をつくるなと運転者が激昂《げきこう》しているようだった。これは大変なことになったぞ、と、内心慌てている助手席の僕をよそに、親分は車から颯爽《さっそう》と降りていった。

「いやあ、すまんかったのう！　あんたも大変じゃろうが、ワシらも大変なんよ。まあ堪《こら》えてくれや」

大きな声でそう発した親分はピカピカの笑顔だった。

信じ難いことに、その場はそれで収まってしまった。怒っていた人はそれ以上声を荒げることはなかった。

「このみかんはぶちうまいんど。あんたにこれをやるけぇ、持って帰りんさい」

親分の作ったみかんを受け取って、彼は静かに帰っていった。

親分とはつまり、そういう人だ。途轍《とてつ》もない人間力。いや顔面力。

初めて出会った時を思い出す。

二〇一一年の東日本大震災。あの当時、僕と妻は川崎市で暮らしていた。初めての子供が生まれてくる一ヵ月前の大地震。都会生活への疑問が生まれ、いっそ田舎暮らしを始めるか否か、大いに頭を悩ました。妻も僕も都会で育ったために、田舎に知り合いはなかったが、妻の遠縁にあたる人が周防大島にいることがわかったので、訪ねた。四月一日のことである。そして、その次の日、僕は親分と出会った。

このあたりに住める家はないだろうか？

この島で暮らしていくことができるだろうか？

僕の状況を説明し、島暮らしを考えていることを伝えると、親分は吸っていたタバコの煙を大きく吐き出し、一瞬の間をおいてこう言った。

「わしの家に住んだらええわ。母家《おもや》のほうが空いとるけえ、世話ない。あんたの家じゃ」

僕は面食らって、言葉に詰まった。

よく外国の映画なんかで、「My house is your house」なんていう言葉が出てくる。自分の家のようにくつろいでくれ、という意味なのだと思うが、親分が言ったのはそういう類《たぐい》の言葉ではなかった。

まったくの初対面、どこの馬の骨かもわからない若造に向かって、あっさりと告げたこの人の笑顔を見て、僕は移住を決めた。それほどまでに力のある顔だった。

こんな人が生まれ育った場所なら間違いない。

二〇一一年四月三日、僕は川崎に戻って、引っ越しの準備を始めた。

あれから十三年が経とうとしている。

極楽よのぅ　目次

Ⅲ

I

島の暮らしと極楽浄土

ガラガラと扉が開いて、親分が顔を覗《のぞ》かせる。

「けんちゃん、魚いるかー、置いとくどー」

この音を立てて開く引き戸は玄関ではない。いわゆる土間にある勝手口だ。初めての古民家暮らしで、何が一番都会と違ったかといえば、この土間の存在だ。誰もが土足で入ってこられる場所。自分の家の中であり、外でもあるこの場所は現代の住宅にはあまりないセミパブリックな空間だ。

魚をもらうのは日常となり、鯛《たい》やメバルに喜ぶこともあれば、エイが入っていて妻と腰を抜かしたこともあるし、バケツから逃げ出したタコが流しの上を這《は》っている姿に青くなることもあった。

なにしろ貰い物が多かった。

魚だけではなく、みかんや大根や玉ねぎやサツマイモ。日によっては皿に乗ったメバルの煮付けやジャコ天など、晩ご飯のおかずまでが置いてある。僕らにとって土間とはそんな到来物が届く、とてもありがたい場所となった。

島暮らしが始まって最初の一年間、養蜂《ようほう》の開業準備と並行しつつ、僕は毎日親分の仕事の手伝いをして過ごした。すぐ隣の家で暮らしている親分は本当に家族のようだった。

「けんちゃん行くどー」

朝、親分の声が土間から聞こえると、僕も作業着になって外へ出た。

畑仕事のほうが多かったが、時おり船で漁に出ることもあった。

人生において、ほとんど海と関わることなく生きてきた僕にとって、船で海に出るというのは、子供に戻ったように胸が高鳴る、真新しい体験だった。

大きなフェリーと違って、自分の目の前、手を伸ばせばすぐ触れるところに海面がある。その凪《な》いだ海に空の色が映り込んでいる。

潮風を全身で浴びながら、一日として同じ色はないんじゃないかと思うほどに美しい瀬戸内海に心をつかまれた。

タコの籠《かご》を海の中へ仕掛けておいて、それを引き上げに行く。長いロープに結ばれたたくさんの籠を上げていくのは、大変な重労働だったが、それはまるで宝探しのようでもあった。

空っぽの籠にガッカリすることもあるが、大きなタコが入っている籠もある。力いっぱい引き上げながら、生きているタコが視界に入ると、体の奥がぶるぶると興奮するのを感じた。

だが僕はタコに触ることができなかった。なにしろ僕にとってのタコは、回転寿司で皿に乗って回っている存在だ。

本物はわけが違う。ぬめり、てかり、うにょり、その存在すべてが桁違いで、船の上を這うその姿は、もはや別の惑星から来た生き物だった。

タコを食べない国も多いと聞くが、それも無理はない。というかどう見ても食べられる生き物にはとても思えない。もしもタコ焼きを知らなかったとしたら、飢え死にする寸前まで口にしようとは僕も思わなかったろう。

親分は何事もないように、タコの頭に指を突っ込み、ひっくり返して、中の内臓を海にひょいと投げた。すると小さな魚たちが集まってきて、ムシャムシャとそれを食べ、あっという間になくなっていく。

おお。なんと。自然界とはこんなふうにできているのか。

僕は見たこともない命の姿に、自分が知っている世界はほんの僅《わず》かな切れ端のようなものだったのだと打ちのめされた。

親分は優しいが、とても厳しい人でもあった。

手取り足取り教えてくれることはまずなく、口数少なに、やって見せるという感じだ。それをなんとか横目で真似していく。

今でもよく思い出すのは畑でサツマイモの収穫を手伝っていた時のことだ。

僕はどういうふうに収穫していたろうか。はっきりとは思い出せないが、効率的になんとか早くやってやろうとサツマイモを雑に扱ったのだろう。

親分は僕のほうに飛んできて、大声で怒鳴りつけた。

「いかん！　そのやり方じゃいかん！　もっと感謝せにゃ!!」

それは重みのある言葉だった。

ずっと食べ物を作り続けて生きてきた親分の、ずっしりと重みのある言葉だった。

親分と出会って、六年目の夏の終わり。親分は死んだ。八十歳だった。

その知らせを電話で受けた時に、膝から崩れるように力が抜けていった。

やりきれない気持ちが溢れていった。もっと何かできたんじゃないか、受けた恩は少しでも返せたのか、もっと聞いておくべき話がたくさんあったんじゃないか。

悔やむ気持ちが後からどうしようもなく湧いてきた。

虚《うつ》ろな日々を過ごしたのは僕だけじゃない。親分の農作業を手伝っていた仲間たちや、親分を頼りにしていた人、多くの村の人たちが「火が消えたようよ」と、口々に言った。

亡くなってひと月くらい経った頃、親分が僕の夢に突然現れた。

夢の中の僕はなぜか里帰りをして東京にいた。携帯が鳴って、電話に出ると親分だった。

「けんちゃん、こっちにはいつ戻るんど？」

「もうすぐ帰りますよ」と僕が言うと、

「困ったことがあったら、いつでも連絡しんさいよ！」

「ありがとうございます」

「それじゃあのぅ！」

いつもの破れんばかりの笑顔で、大きな声でそう話す親分の姿がはっきりと見えた。

きっと親分は無事に極楽にたどり着いたのだろう。

すぐに、というわけにはいかないけれど、またいつか会える日がやってくるかもしれない。

その日まで精いっぱいやっていこう。この周防大島で。

アロハ警察、山火事に遭う

ディス　イズ　ポリース！

ディス　イズ　ジャパニーズ　ポリース!!

場所は岩国の駅前ロータリー。

スピーカーを通して大きな声がこだましていた。自分でも信じられないことに、声の主は紛《まぎ》れもなく僕自身だった。おそらく、いや間違いなくもう二度とないだろう。パトカーの運転席に座り込み、マイクを握る手が緊張で強張《こわば》っていた。

ここから一時間前に遡《さかのぼ》ろう。

久しぶりに島を出た週末、僕ら家族は岩国に遊びに来ていた。駅前のロータリーにある駐車場に車を停め、妻はお気に入りのパン屋へと子供たちを連れていった。僕は僕で滅多にないチャンスと、レコード屋「ウエストコースト」へ向かった。山口県に移住してから、唯一足を運んでいるレコード屋だ。店主は初老のジャズドラマーで、ジャズのライブハウスも経営している。久しぶりだったので挨拶すると、このコロナ禍ですっかり経営が厳しくなってしまって、ライブハウスのほうは閉店も視野に入れているとの話だった。

店内に流れるBGMももちろんジャズだったが、この日は貸しスタジオになっている奥の部屋からピアノの音が漏れていた。レコードを探しながらその音に耳を傾けていると、どうやら誰かがジャズピアノの練習に来ているようだった。半年ほど前に、僕は突然ピアノを習い始めた。三十八歳にもなって何かを習い始めるとは思ってもみなかったが、コロナによるステイホームも手伝って、妻が背中を押してくれた。以前から憧れていたピアノだ、練習するのはとても楽しい。ミッキーマウスが表紙の教科書を使って「こどものハノン」を練習中の僕からすると、奥の部屋から聞こえてくるピアノはとてつもなく華麗なものだった。

店主にピアノを始めたことを伝えると、また一番難しい楽器を始めたなあと笑われてしまったが、嫌な感じはまったくしなかった。これはええやつを選んだねえ、と僕が渡したビル・エヴァンスのレコードを袋に入れながら、店主は言った。こっちにもええのがあるよ。奥の棚から店主はレコードを一枚取り出した。これはエリック・ドルフィーの最後のレコード。最後のほうにしゃべっちょるところがあるんやけど、どう言うたらええかなあ、なんかええこと言っちょるんよ。持っていきんさい。そう言いながら、僕が買ったレコードの袋に入れてくれた。

欲しかったレコードを見つけた上に、思いがけないプレゼントまでもらってしまった僕は小躍《こおど》りしながら駐車場まで戻った。

すると異変が起きていた。妻と子供たちはすでに戻ってきていたが、車の横に立っている。他にも何人か、駐車場内で何かを待つようにして立っている人の姿があった。原因はすぐにわかった。駐車場のたった一つの入口であり出口でもある場所を完全に塞《ふさ》ぐようにして、一台の青いレガシィが停まっていたからだ。ちょっと普通では考えられないような停め方だ。酔っ払いか？　ナンバープレートを見ると頭文字はアルファベットのYだった。なるほど。そういうことか。それはこのあたりではしょっちゅう見かけるナンバープレート。つまり米軍岩国基地で暮らすアメリカ人の車ということだ。

駐車場のすぐ脇にあるラーメン屋のおばちゃんも不機嫌そうな顔をして、店の前で立ち尽くしている。すでにみんな何分も待ち続けているという。待っていてもしょうがないので、僕は米軍の人が入りそうな周辺の店を片っ端から探したが、どこにもそれらしき人の姿はない。しばらくして僕が戻ると、誰かが痺《しび》れを切らして呼んだのだろう。赤灯をクルクルと回しながらパトカーがロータリーの中に入ってきた。パトカーからは若い女性二人と男性一人の警察官が降りてきて、すぐにその問題の車を確認した。待つことに痺れを切らせていた人が警察官に話しかけようとすると、大丈夫です、すぐに呼び出しかけますからというはっきりとした声が聞こえた。

「こちらは岩国警察です。青のレガシィ、ナンバーは×××。運転手の方は急いで車を動かしてください。繰り返します」

パトカーのスピーカーから聞こえてくる大きなアナウンス。おそらくその場にいた全員の頭の中に大きな疑問符が浮かんでいた。

「日本語通じるん?」

この言葉が喉まで出かかっていたが、静かにアナウンスが終わるのを見届けた。

それから奇妙な沈黙の時間があった。これでいいのだろうか。再び始まった待ち時間に耐えかねて、僕はパトカーに駆け寄った。

英語で呼び出したほうがいいんじゃないでしょうか？　と、控えめに当たり前のことを言った。それができればそうするんですけどねえ、となんとも呑気《のんき》な頼りない答え。もう待つことに飽き飽きしていた僕は思わず、僕がやりましょうか？　と言ってしまった。あ、本当ですか？　お願いします！　と、想像以上に軽い返事が返ってきた。

運転席に案内されてマイクを渡される。マイクの脇についたボタンを押すと耳を刺すようなハウリングの音。つい口走ってしまったが、大丈夫だろうか。いやいやきっと大丈夫だ。車のナンバーくらい英語でも言える。こういう時はなんて言ったらいいんだっけ？　小学生の時によく観ていたアクション映画にこんなシーンがあったよな。

「ディス　イズ　ポリース！」

緊張しながら僕はしゃべった。この日にかぎってなぜか、真っ赤なアロハシャツを着ていた。アロハに短パン、ビーチサンダルという格好の男が、パトカーの運転席に偉そうに座り込み、米軍を呼び出すアナウンスをしている。ロータリーの中に停まっていたバスやタクシーの運転手たちも、なんだなんだと、車から降りてくる。妙な空気がロータリーの中に流れていた。

「ディス　イズ　ジャパニーズ　ポリース!!」

ははは。なんだ。爽快。ちょっと楽しいじゃないか。

「ブルー!　レガシィー!!」

誰かビデオに撮ってくれ。そういえばいつか言ってみたいと子供の頃に好きな映画をよく真似していたっけ。

「ナンバー×××!　ムーブヤカー!!」

自分の声が爆音ですぐ脇のパトカーの拡声器から放出されていく。このシチュエーションと慣れない英語に体の内側から沸々と湧き上がるものを感じた。気分はブルース・ウィリス。

「ムーブヤファッキンカー!　サノバビッチ!!」

待て待て。落ち着け。今は映画の場面とは違うんだった。本当にマイクを握っているんだ。自分の中から出てきてしまいそうになる余計な言葉を抑え込み、なんとか無事に僕は呼び出しを終えた。

ありがとうございましたという感謝の言葉を警官から受け取った僕は、自分の車で家族と一緒にことの成り行きを見守った。

数分後、一人の海兵隊員が現れた。中南米からの移民だろうか。褐色《かっしょく》の肌をした彼はビニール袋を片手に戻ってきた。もう片方の手にはスマホを持ち、話をしている。見るからに軍人であることがわかる太い二の腕には大きな刺青《いれずみ》。何事もないように誰かと電話で話しながら自分の車に向かっていく。何か一言だけでも言ってやろうと車から降りようとするアロハ警察である僕を、妻が制止する。声をかける先ほどの警察官。警察官に対してほとんど見向きもせずに、挨拶するように手だけをヒョイと上げ、そのまま車に乗り込み基地の方角へ颯爽と走り出した。

あとに残された警察官たちは気まずそうにこちらを見ている。海兵隊員が現れてからいなくなるまでほんの二十秒。何十分も待っていた僕らを一目も見ることなく彼は消えていった。

それはないだろう。謝ろうとする態度すらないなんて。何かもっとできただろうと米軍に対しても、自分や警察に対しても、怒りや悔しさが入り混じった感情が湧いてくる。この街に暮らす人はみんなきっと似たような経験をしているんだとこの時初めて気がついた。基地の街で暮らすというのはこういうことなのか。胸の中にざわざわしたものを残しながら、僕らは言葉少なに帰路についた。


次の日は日曜日で、夏休みを満喫するように僕ら家族は海で目一杯泳いだ。海で泳いで帰ってきた日はいつも心地よい疲れがあって、とても気分がいい。畳の上でゴロゴロしながら、昨日買ってきたばかりのレコードを聴いていた。久々のいい休日。やっぱり島が一番落ち着くなあ。ちょっと早いけど、ビールでも飲んじゃおうかと冷蔵庫を開けたとたん、電話が鳴った。

画面を見ると、普段はまずかかってこない同じ村に暮らす人からで、なんとなく悪い予感のまま電話を取った。そういう予感とはなぜか当たるもので、それは山火事の連絡だった。隣の村の山向こうで、火事が発生したとのことで、僕は消防団として初出動することになった。一週間の中で一番のリラックスタイム。ビールを飲もうとゆるゆるになっていた背骨がその瞬間、一気に伸び上がった。テレビを見てゴロゴロしている子供たちを飛び越え、超特急で消防団の服に着替える。ヘルメット、手袋、あと何がいるんだっけ？　初めての出動に緊張で胸が高鳴る。

村の集合場所に駆けつけると、全員ではなかったが消防団員がすでに集まっていた。この前まで消防団の中心メンバーだった二人のおじいさんが、集会場から赤い顔をしてふらついた足取りで出てきた。おー。いいねいいねえ。頑張ってきんさいよー。消防団出動っ!!　そう言ってピシッと敬礼する二人の声は大きいが呂律《ろれつ》が回っていない。まるでドリフだ。おかげで緊張はだいぶゆるんだ。あと一時間遅かったら、僕も似たように赤い顔をしてあちら側で一緒に敬礼していただろう。僕らは一台の車に五人で乗り込み、現場へと急行した。

夕方ではあったが、まだはっきりと明るい時間。夜になる前でよかった。街灯もほとんどない道だ。夜には本当の暗闇になる。

到着したのは山間にあるみかん畑。畑の防風林が、五、六本黒焦《くろこ》げになって、煙を出している。どうやら畑の中で火を燃やしていたところ、風に煽《あお》られ火が他へ移ったようだった。集落まではかなりの距離だ。水源はない。すでに到着していたのは消防隊員と消防車一台。それに他の村からの消防団員だ。道の脇で、八十歳はゆうに過ぎているであろうご夫婦がオロオロと行ったり来たりしているのが目に入った。すまなそうに、申し訳なさそうに、やり場をなくしてウロウロしている。僕の隣に立っていた同じ村の消防団メンバーの一人がさっと二人に近づいて、

「おっちゃん、おばちゃん大丈夫やけえね。すぐ消すけえ」

そう声をかけた。その男性は村の中で、いつも長老たちから何かと文句を言われている。祭りの時にしても、村の行事にしても、おっとりとした性格のその人はなぜか叱られることが多かった。言われても言い返さずに、静かにニコニコしているような優しい人だ。緊急事態で誰も余裕がないのは一緒だったが、この日の彼は、誰よりも先に、その老夫婦に気がついて話しかけに行った。声をかけられ、涙ぐんでいる老婆の姿。炎に気を取られ、誰もそんなところは見ていなかっただろうが、僕はたまたま

見ていた。

ふとした一言が誰かを救う時がある。

「大丈夫やけえね」

彼が言った一言は、まさにそんな言葉だったと僕には思えた。

同じ日、東京ではオリンピックが開催されていて日本人選手が金メダルを取ったとメディアは沸き上がっていたが、僕にとってはこちらのほうがよっぽど大事件だった。

僕は交通整理担当になった。火事のために通行止めになったということを走ってくる車に伝えなくてはならない。現場周辺の道は細く、Uターンできるようなスペースはない。簡単に切り返せるよう、道が充分広くなっているところまで僕はひたすら走った。もともとほとんど車が通るところではないが、それでも五台ほどはUターンしてもらった。

そこでUターンするということは山を一つ迂回《うかい》することになるので、かなりの遠回りをしてもらうことになったが、頭を下げて事情を説明すると、みんな納得してくれた。ご苦労様ですとか、気をつけてとか、優しい言葉をかけてくれたが、一台だけ、そうではない車があった。それは都会から来ているらしい高級車だったが、舌打ちをして、「船の時間があるんだけどなあ」と吐き捨てるように言って、去っていった。

ついさっき、誰かを救う言葉に感動していた。だが今度は、自分のことしか考えていない身勝手な言葉に嫌悪感が込み上げてくる。口から出すまでは伝わらないのに、出した瞬間に癒《い》やしもすれば呪いもする。そうした言葉の力について考え込んでいる間に僕は蚊に刺されまくっていた。

幸い火事は大きく燃え広がらずに済んだ。明るかったのが本当に幸いだった。近所の消火栓まで軽トラが往復し、水を運んで無事に消火した。他の地区の消防団が集まるその素早さや連携に、地域の力を感じた。コミュニティは手を取り合ってこそ成り立っていると改めて思う。

長かった一日が終わり、家に帰ってシャワーを浴びて、汗だくの体を洗った。そしてようやくビールにありついた。出動は短い時間だったはずなのに、ずっと何も飲んでいなかったように喉が渇いていた。

喉を鳴らすように一気にビールを飲んでから、昨日レコードをもらったことを思い出した。ビールをもう一本冷蔵庫から出して、レコードに慎重に針を落とす。三十六歳という若さで死んでいったエリック・ドルフィーの最後の録音だ。彼が縦横無尽に吹き鳴らすフルートやサックスに酔いがいっそう回っていく。

レコードの終わりでエリック・ドルフィーが静かに話す声が聞こえてきた。

「音楽は終われば空気の中に消えていく。そしてそれは二度とつかまえることはできないんだ」

たぶんそんなようなことを言っているのだと思った。

「選挙に出ようと思う」

決意のこもった力強い目というのは人の記憶に残るものだ。この瞬間をたぶん僕は一生忘れない。

声の主は法子《のりこ》さんで、この数年来、「島のむらマルシェ」という朝市を一緒に企画、運営してきたメンバーの一人だ。

いろんな物事に対してきちんと自分の意見を物怖じせずに言う彼女の性格は、確かに政治の場にも向いているかもしれない。その場にいた友人全員がそう思ったと思う。

地方の町議の給料は安いことで知られている。自治体によっても異なるが、どのくらい安いかといったら、それだけで暮らしている人がまずいないというほどだ。周防大島では、みんな何か他に仕事をしながら、いわゆる兼業でやっているのが普通だ。

彼女の場合は、台湾人のご主人・ショウさんと一緒に宿屋を切り盛りしている。もちろんそれは続けていきながら議員もやるとのこと。ショウさんも「台湾には女性の政治家は多い。とても普通のこと。のりちゃんを応援したい」と静かに言った。

そこから数日。「のりこ丸」という、漁船かよ、という名の後援会が発足し選挙活動が始まった。

もちろん僕も友人として応援した。選挙期間中は車の運転など、微力ながら参加させてもらった。

「若い人がやらにゃあいけん。がんばりんさいよー！」

選挙カーの窓の外から当たり前のように温かい声をかけてくれた大勢のおじいちゃんおばあちゃん。その姿を見ながら、政治って本当はこんなにも身近なものなんだなあと体で感じた。都会で暮らしていた頃は友達が選挙に出るなんて夢にも思わなかった。それはどこか遠い世界の話。政治に参加していると感じたことなんてただの一度もなかった。いつも投票に行くだけ。そしてそのたびにがっかりしていたことを思い出す。

彼女は見事に当選した。今や周防大島でたった一人の女性議員となり、議会で奮闘している。

そんな彼女から久しぶりの連絡が入った。なんでも近所で映画の上映会をやるから来てほしいとのことだった。

現在の周防大島には映画館はない。かつてはいくつかあったという話も、今となってはとても信じられない。周防大島の人口は最盛期には六万五〇〇〇人ほどだったというが、現在は一万五〇〇〇人を少し切ったところ（二〇二二年時点）。僕らが移住してきた十年前（二〇一一年）は約二万人いたのだから、毎年五〇〇人ずつ減っている計算になる。いったいどこまで減ってしまうのかはわからないが、新たな移住者がもっと必要だということは間違いなさそうだ。

上映会の会場は家から車で五分の温泉施設。その日は強い雨が降っていたが、何しろ久しぶりにスクリーンで映画を観られるんだと、僕は浮かれた気持ちで出かけていった。

そしてそのウキウキした気持ちは映画が始まったその直後にへし折られることになる。

浜辺で死んでしまった海鳥が横たわっている。その海鳥を手で拾い上げる女性の研究者。研究室へと連れて帰り、お腹をメスで切り開いていく。胃袋がパンパンに膨れ上がっている。見るからに硬そうな尖《とが》った黒い異物が、薄い胃袋の表皮から透《す》けて見えている。ゆっくりと慎重に胃袋にメスを入れていく。中から出てきたのはプラスチックだ。女性は丁寧にその一つひとつを取り出していく。信じられないほどたくさんの何百ものプラスチックの破片。一羽の鳥のお腹から出てきたプラスチックの重さを一人の人間の体重に換算すると、六〜八キロのプラスチックが胃袋に入っていたことになると女性は語った。それがもしもピザだとしたら一二枚分になるという。

これはドキュメンタリー映画「プラスチックの海」のワンシーンだ。

僕は養蜂家という仕事柄、普段から自然環境に気を配っているつもりだ。花の蜜を集めて暮らす蜜蜂《みつばち》は自然の変化にとても敏感だ。だから僕も蜜蜂の声を聞き取れるように、耳を澄ませていたい。いつもそう思っている。

だけどどうだ、この映画の中で映し出された地球上で起こっている事実のほとんどは知らないことばかりだった。

クラゲを食べるアカウミガメが間違えてビニールを大量に食べてしまうこと。プランクトンを追い求めるクジラが、プランクトンと一緒に大量のマイクロプラスチックを食べてしまっていること。プラスチックが原因で子供のクジラが今この瞬間も世界のどこかで息絶えている。

マイクロプラスチックとは直径五ミリ以下の小さなプラスチックのことで、自然分解されることなくいつまでも海の中を漂っている。魚たちも日常的にマイクロプラスチックを食べてしまっているという。しかもそこには海の中を漂う化学汚染物質が付着する。僕たちが普段好んで食べている魚の部位にはその毒素が留まるらしい。

ということは、僕ら人間は自分たちが垂れ流した毒素を、自分たちのゴミであるプラスチックを通して、自分たちの体にも取り込んでいるということだ。

なんてこった。まったくひどい話じゃないか。これじゃ人間は害虫みたいなもんだ。僕は最悪の気分で映画を観終わった。殴られたみたいにクラクラしていた。家で家族と「ジュマンジ」を観て笑っていればよかったと後悔すらしていた。

上映が終わると、法子さんは言った。

「じゃあみんなで話し合いましょう。これから先どうしていくべきか」

なんと。早くお家に帰りたい。完全にそう思ってしまっていた僕の心ではとても考えられないことを彼女は言った。

「何かこの島でもできると思うんです。何から始めていくのか、どんな可能性があるのか、具体的に言うのが難しかったらイメージでも構いません。みなさんなんでもいいので、どんどん言ってみましょう」

彼女の横には大きなホワイトボードが設置されている。かたわらにはアシスタントの女性がペンを握って立ち、やる気に満ちている。

正直言って、僕は何も思いついていなかったし、もうこれ以上考えたくなくなっていた。そーっと静かに気配を殺して帰ってしまおう。こんなこともあろうかと、出口のすぐ近くの席に座っておいてよかった。

「あ。そうだった。今、なぜか突然思い出したけど今日はあれがあるんじゃーん、やばいやばい忘れてた、うっかりー」

そんな表情を浮かべて腕時計を見ながら立ち上がろう。ははは処世術。

そう思った瞬間、すぐ横に座っていた少年と目が合った。小学校高学年くらいか。じーっとこちらを見ている。もしここで帰ったらこの子はどう思うだろうか。大人のくせして無責任な玉なし野郎。そう思われるんじゃないだろうか。それだけはなんとしても避けたい。股《また》の間についているものを確認し、もう一度座り直した。

僕が帰るべきか残るべきか悶々《もんもん》と自問自答している間に、会場の人たちは次々と意見を出した。

「海岸でゴミを拾っても拾っても増えていく。漁業で使える素材を変えないと」

「トレーを減らすため、肉などは計り売りに変えてはどうか？」

「リサイクルに取り組む姿を子供や孫に見せていこう」

「リサイクルがきちんと利益になるという仕組みを企業と一緒につくらなければ」

「釣り客がゴミを海に捨てて行きすぎる。メーカーや店がパッケージについて考えていないのでは？　波止場《はとば》に回収ボックスを置くのはどうか？」

などなど。どんどんホワイトボードが埋め尽くされていった。出てくる意見一つひとつに感心した。みんな普段はしゃべらないだけで本当はこんなにもいろんな意見を持っているんだ。

何よりもこの場に集まっている人たちから意見を引き出し、少しでも町のあり方を変えていこうとしている法子さんの姿は友人としてとても誇らしかった。オリンピックの開催やコロナ禍での対応策など、毎日同じような発言を繰り返す国会議員の姿が頭にチラつく。ああいう大きいところから変わるということはないんじゃないか。たとえ日本の端っこの田舎町だとしても、こういう小さな場を積み上げていけば何か変えていけるんじゃないか、そんなふうに思えた。

耳を傾けながらも、僕の関心は少しずつ、徐々にではあったが、胃袋のほうへと移っていった。さっきからどうにも腹が鳴っていて集中力が下がってきた。そうだ、今日来たのには映画以外にも目的があった。この日はケータリングがあったのだ。周南市で農業を営みながらケータリングもするBambooさん。自家製の青唐辛子や新鮮な野菜を使ったグリーンカレーは以前食べた時も最高だった。そしてカレーを準備しているのが僕の座る席から見えてしまっている。少し匂ってきているじゃないか。スパイスの香りが。頭の中のマイクロプラスチックが次々に破壊されていく。なんていい匂いなんだ。

「……はどう思う?」

はっと気がつくと会場のみんながなぜかこちらを見ている。法子さんが何かを言ったようだ。

「内田くんはどう思う?」

はっきりした声で彼女は言った。

はい?

絶句。なんという間の悪さ。先ほどの子供もこちらを見ているじゃないか。

何か言わなくては。何を? カレーへの思い?

特別なアイデアが天から降ってくるのを待ってみたが、そんなものがやってくることはついになかった。

次の日。前日の大雨とうって変わって雲一つない晴天。

タイミングがいいのか、悪いのか、この日は年に一度の海浜清掃の日だった。僕は娘（十歳）と息子（七歳）を連れて参加した。うだるような暑さだったから清掃が終わったら海に飛び込もうと、僕たちはあらかじめ水着を服の下に着込んで、浜へと歩いた。

僕は昨日の上映会を引きずっていた。プラスチック問題があまりに深刻だというその事実を家族にすらうまく話せずにいた。

「とと、もう始まっとるやん」

息子は僕のことを「とと」と呼ぶ。娘のほうは最近「お父さん」に変わってきた。

息子の言った通り、僕らが着いた時、広い浜辺の何カ所かでは早くも煙が立ち昇り始めていた。気の早い村の人たちは、いつも定刻より早くに動き出す。僕たちは少し遅れてしまったが、あらかじめ決められていた自分たちの持ち場で掃除を開始した。

まず、燃えるゴミを集めて燃やしていく。燃えないゴミは防波堤《ぼうはてい》に集めておいて、後で処分するという流れだった。いつもの通り若者は僕らくらいで、参加しているほとんどがみんなお年寄り。こういう行事のたびに思ってしまう。やっぱりここは紛れもなく限界集落だということを。だからだろうか。子供は宝と思ってくれているようで、移住者である僕ら家族にみんなはとても優しくしてくれる。

「お父さんお父さん、これ落ちとった！　燃やしていいん？」

と、娘が興奮気味に聞いてきた。振り返ると手に持っていたのは、片っぽしかない大きなバスケットシューズ。いや、それは燃えないやつだよ、と言いかける僕の背後から、

「おう燃やせ燃やせ！　投げんさい」

と火の番をしていた村のおじいちゃんの大声。娘は遠慮なく靴を火の中へ放り投げた。

「わあ！　燃える燃える。燃えたよ、お父さん」

と嬉しそうに娘は言った。

そらそうだ。そんなん言ったら燃えないのは金属か骨くらいのもんやろ！　と心の中でつっこんだ。

……うーん。燃えないゴミっていう言い方がそもそもいけないのか。子供にきちんと教えねば。燃えないゴミは燃やしちゃいけないゴミ、あるいは燃やすと毒ガス発生ゴミに改名したほうがいいんじゃなかろうか、などと頭の中を考えが巡ったが、周りを見ればあちこちの炎から昇る煙には黒い煙が混じっていることに気がついた。（野焼きは、平成十三年から法律で原則として禁止されている。令和五年頃より、海岸で流木を野焼きすることに対する取り締まりが厳しくなり、白治会等の海岸清掃での野焼きも許されなくなった。）

やっぱりプラスチックか。浜辺を歩いて拾った中で一番多いゴミは、牡蠣《かき》の養殖に使う小さなパイプ。これは島のどこの浜辺を歩いても必ず落ちている。ロープを使って養殖される牡蠣と牡蠣の間隔を保つためのものらしいが、大量に海に流れている。何年も前から環境問題になっていて、原因は広島の牡蠣産業。

その次に多いのが発泡スチロール。漁業で浮き（フロート）として使用されている大きなものだ。これまたどこの浜辺にも必ず落ちている。最初は巨大だが、だんだんと波に削られ小さくなっていく。その残骸が浜辺のあちらこちらに打ち上がっているのだ。

二人の子供たちは思っていたよりもずっとちゃんと仕事をこなした。走り回っては次々とゴミを拾い集めてくる。家の中でダラダラしてはゴミをそこら中にまきちらしていくくせに。なんだ、やればできるんじゃん。

発泡スチロールのトレー、空き缶、ペットボトル、スプレー缶、何かの容器。今までも見ていたし、ゴミが落ちているのはわかっていたけど、映画を観たことによって昨日までとは世界の見え方が変わってしまった。僕はガンザキ（熊手）で流木を集めながら火にくべ、映画に出てきたフィリピンのマニラに暮らす子供たちのことを思い出していた。

大量のゴミの山に暮らす家族たち。ゴミの上にまたゴミが重なり巨大化していく。ゴミの中で作物を育てている。そしてゴミの中からリサイクルできるプラスチックや金属を探しだし、家計の足しにする子供たち。学校にも行けず、裸足で走り回りゴミを漁《あさ》る姿は、世界の終末を思わせた。

今、僕の頭の中には大きな疑問がこびりついてしまった。今まで一度も思ったことのなかった疑問。


「人間は滅ぶのか？　自分たちの出したゴミで滅ぶのか？」


ゴミを集めていた子供と僕が汗だくになっているのを見かねたのか、一緒に作業をしていた村のおじいちゃんが、

「おう、お前らもうええぞ、あとはやっちょくけえ、海入ってきんさい」

と、声をかけてくれた。

待ってましたー！　とばかりに海へと駆けていく子供たち。僕も後を追った。

僕らが暮らす島の南側の海はいつも水温が低い。いつもだったら冷たさに慣れて入れるようになるまで時間がかかるが、この日は思いっきり頭から飛び込んだ。

いつ入っても海は最高だ。瀬戸内海は波がほとんどないが、それでもやはり揺れている。その僅かな揺れに体を預けて海にぷかぷか浮かんでいるだけで、強張っていた気持ちや体がほどけていく気がする。僕が一番好きなのは海の中へできるだけ深く潜ってから振り返り、空を見上げること。海というフィルターを通して見る太陽はどこまでも煌《きら》めいていて、ずーっとそのまま見ていたくなってしまう。


「今日、完璧な一日だねー」

海に浮かびながら、楽しそうな声で娘が言った。

……え？

完璧な一日？

それを聞いた僕の頭の中ではルー・リードが歌う「Perfect Day」が再生され始めていた。映画「トレインスポッティング」ではユアン・マクレガー扮《ふん》する主人公レントンがヘロインを打って酩酊していくシーンで挿入される。

苦しさに耐えながら、なんとか健全な体になろうと長く絶っていたヘロインを再び打ってしまう。気持ちよさのあまりに気を失い、絨毯《じゅうたん》とともに深い海のような床の中に落ちていくレントン。ルー・リード本人もかつて麻薬中毒者であったというのは有名で、この曲もそれがテーマになっているというから、そういう意味でも完璧な挿入曲だったかもしれない。

待て待て。何を言っているんだ僕は。それは今は関係ない。娘はそんなこと知らない。

彼女は今この瞬間、心の底から、今日という日が完璧な一日だと思って言ったんだ。その事実に、その言葉に僕はなぜだか撃たれてしまった。

そしてだんだん情けなくなってきた。数分前に「人類はもう滅ぶのかもしれない」と考えてしまった自分が恥ずかしかった。

「トレインスポッティング」の最後に、レントンは麻薬を絶って、未来に向かって歩き出す。決して褒められたやり方じゃないけど、期待と不安が入り混じった表情で、確かに前を向いて歩き出す。そこで映画の冒頭と同じナレーションが入ってくる。

「人生を選べ、未来を選べ」と。

何年も完全に忘れ去っていたことが、娘の一言で記憶の奥底から引きずり出されてきた。

未来を選びたい。よりよい未来を選び取りたい。

そうだった。そう思って移住をしようと決めたんだ。

ふと沖のほうに目をやると、潜っていた大きな鵜《う》が魚を咥《くわ》えて海面に出てきた。大きな蛇のような魚を口に咥えている。たぶん、太刀魚《たちうお》だろう。そんな大きい魚を本当に食べられるのかな、と思ってじっと見入っていた。最初は暴れていた魚も徐々におとなしくなり、だんだんと姿が小さくなっていく。鵜は空を仰ぐように何度も何度も体を揺らし、魚を少しずつ飲み込んでいく。とても長い時間に感じたが、ほんの一分くらいだったのかもしれない。咥えられていた魚は完全に飲み込まれ、あたりは何事もなかったようにまた元通り静かになった。

神様と船に酔う

もうずいぶん前のことになるが今でもありありと思い出す出来事がある。

周防大島の地を初めて踏んだ日、僕はとある神社をお参りした。島の中に一〇〇ほどもある神社仏閣の中で特にそこを選ぶ理由もなかったが、最初に通りかかった神社でなんとなく目についた。その名を厳島《いつくしま》神社といった。かの有名な宮島と同じ神を祀《まつ》る由緒ある神社らしい。大きな鳥居が浜辺に突き刺さったように建っている。鳥居のはるか向こう、海の彼方《かなた》に見えているのが四国だということすらわからないほど、この時は島の地理に疎《うと》かった。静かな波音を聞きながら、賽銭《さいせん》を投げ入れ参拝した。周防大島に住むかどうかも決まっていなかったこの瞬間に何を祈ったか、そこまでは今となっては覚えていないが、とりあえず挨拶しておけばなんかいいことあるかも。そんなことを思っていたのかもしれない。

だけどこのことを思い出すたびに、「因果」なんていう大袈裟な言葉が脳裏に浮かんでしまう。それはその後、周防大島の中で数回の引っ越しを繰り返し、巡り巡って僕ら家族が居を構え、定住したのがまさにこの神社のある集落だったからだ。

僕ら家族は今やすっかり根を下ろし、周防大島に暮らしている。

そして神社の話は続く。

今日は年に一度の十七夜の祭り、管絃祭だ。僕は集落の先輩方に言われていた通りに、夕方仕事から帰ってくるや、すぐに集会場に行って着替えた。新品の白いシャツに、白い袴、白い足袋《たび》。いわゆる白装束だ。少し遅れてしまったらしく、他の人はすでに着替えた後のようだ。お腹は空いていたが何しろ時間がない。もう神社のほうに人影が見える。境内まで急ぎ走った。

僕が到着した時には、やはりすでに神事は始まっていた。

社殿の中で祝詞《のりと》をあげる宮司。神前には、誰かの手作りであろう特大の丸いお餅や、絵に描いたように立派な鯛、大根などの農作物、それに酒など、さまざまな食物が供えられている。そのすぐそばに総代である村の長老たち。その人たちを囲むようにして、神輿《みこし》の担ぎ手である白装束の若い衆。僕は遅れてその中へそっと紛れ込んだ。

宮司《ぐうじ》の祝詞の抑揚に耳を澄ませていると、どこか遠いところからこちらへ向かって眠気がやってくる。いったい宮司は何を言っているんだろうか、もちろん何もわかりはしないのだけれど、はるか昔から続いてきている大きな時の流れの中に自分はいるのだと、うつらうつらしながら思う。

神事は終盤を迎え、それぞれが神前でお参りする。用意されている榊《さかき》の枝を持って、順番に祈りと共にお供えしていく。こういう時に限って、腹が張ってきた。なんだか屁を出したい衝動に駆られる。いや出したいわけじゃない、むしろ、というか当然出したくはないのだけれど生理現象なのでどうしようもない。放屁しそうになる生理をなんとか押し殺し、腹の中へ押し返す。と思ったらまた出そうになる。そんな押し問答を体の中で繰り返しているうちに、僕の番がやってきた。

正座していた足を崩し、立ち上がって前に出る。思っていたよりも足は痺れていた。

こんなことなら胡座《あぐら》にしておけばよかったと後悔しても時はすでに遅く、少しふらついた足取りで神前にたどり着いた。前の人がやっていたのを思い出すように、頭を下げて神前に座る。手に持った榊の枝をくるりと回し、お供えする。自分が立てる物音以外に、なんの音もしない静かな空気が緊張を後押ししてくる。僕は柏手《かしわで》を打ち、再び頭を下げた。

神輿守《みこしもり》全員の参拝が済んだ後に、宮司の合図のもと電気が消された。暗闇の中、甲高い声を発する宮司。どこから声を出しているのか、彼はその奇声とも思えるような声を途切れることなく出し続け、神社の一番奥へ行き、何かを取り出そうとしている。その場にいる全員が深く頭を下げているので、目で見ることはできないが宮司は御神体を神輿へ移そうとしているようだった。

いったい御神体とはどんなお姿をしているのか。この目で見たいという欲求がむくむくと湧き上がるが、見てはいけないようだし、何しろ真っ暗で見えない。だけれど、今目を閉じ、首を垂れているみんなの中にも、片目を開けてなんとか見てやろうと思っている者もいるにちがいない。そう思うと見ないのも損をしているような気になり、僕もつい薄目を開け、首を変な方角へ捻《ひね》り上げて、なんとか覗き見た。宮司は素早い動きで御神体を手の中から神輿のほうへと滑り込ませた。大きく広がった服の袖《そで》に隠れて、結局見ることはできなかったが、動きから察するにかなり小ぶりな神様のようだ。

宮司の甲高い声が止んだ。

合図で再び電気がつけられる。

「それでは神輿守のみなさま、よろしくお願いします」

宮司の声で僕らは神輿を担ぎ始めた。

背が高くて困ることはないと、多くの人は思っているにちがいない。あと何センチか背が高ければ人生は違った、なんていう話を幾度も聞いたことがあるが、何もいいことばかりではないのだ。たとえば、僕が学生時分にモヒカン刈りにしていた時など、わりと大きめの自分の身長プラス固めた毛髪分でとんでもない高さになっていた。一番の問題は車に乗れないことだった。天井にぶつかってしまうので車に乗っている間中、ずっと首を傾けて「まだ？　まだ着かないの？」と繰り返すハメになることもしばしば。

そんな髪型にするからだ、この阿呆め、と言われればまさにおっしゃる通りなのだが、髪がなくとも具合が悪い時もある。島の古民家に暮らした時もそうだった。建具や天井など、すべてのサイズが昔の暮らしに沿って造られているのだが、どうも僕の身長は昔の人よりも大きいらしかった。引き戸を開けてただ中へ入るだけなのに、頭部を強打する。手洗いで用を足そうと扉を開けては頭を強打する。頭を押さえ畳の上で今まで何度うずくまったことか。

そしてまた、この神輿守もなかなかに辛い時間であった。

「ちょうさいやー！」

大きな掛け声を上げながら神輿を担ぎ上げて、海沿いの道を練り歩く。なぜこの掛け声なのか、いったいどんな意味があるのか。いろんな人に聞いてみたが誰もその答えを明確に教えてはくれなかった。意味などないのかもしれない。「わっしょい」ってどういう意味ですか？　もしかしたらそれと同じ質問だったのかもしれない。そんなこと誰も知るわけがない。

僕らの最終目的地は波止場。そこに準備されている船に神輿を載せて神様とともに海へ出るのだ。

「ちょうさいやー！」

誰か一人が大きな声を出し、その後にみんなが声を出し続いていく。神輿の前方と後方に分かれて担ぐのだが、背の大きなものはここでもやはり辛い立場だ。飛び出している分、肩にひときわ重力がかかってしまう。痛みに耐えかね、やや中腰で担ぐ。そうするしかないのだが、見るからに屁《へ》っ放《ぴ》り腰となる。格好の悪いことこの上ない。仕方ないから背筋を伸ばし、肩の痛みと向かい合う。しかし痛みに耐えかね、やはり屁っ放り腰に。そんな時に見物客が写真などを嬉しそうに撮り始める。格好悪い。背筋を伸ばす。肩が痛い、屁っ放り腰に。これを延々と繰り返しながら目指す波止場はとてつもなく遠くに感じた。

ところで、何年も前の話になってしまうが、以前うちの家に新聞社の方が取材に来たことがあった。取材に来た理由はうちの息子が誕生したからということだった。驚くなかれ。もうずっと長いことこの集落で生まれた子供がいなかったから、これは一種の事件だったのだ。大変おめでたいのでぜひ記事にしたいとの話だったが、もちろん息子は何かをなしたわけでもなく、ただ他の子と同じように自然に生まれただけだ。新聞記事に載せるのは気恥ずかしいし、なんだか息子にも悪いような気がしたので丁重にお断りをした。その際、祭りの日取りが近かったのだろう、記者は面白いものを見つけましたと古い新聞のコピーを見せてくれた。何年前の新聞だったのか、正確な日付は覚えていないが、何十年も前の記事だったことは確かだ。そこにはこうあった。

「厳島神社、管絃祭に周防大島の島民三〇〇〇人集まる」と。

目を疑った。三〇〇〇人？　もはや頭では理解できない数字だった。今や祭りに集まっているのはその一〇〇分の一だ。多くても四〇人くらいだろう。

いったいそれはどれほどの賑わいだったのだろうか。話をもう一度祭りの日に戻そう。

これが船酔いというものか……。

僕は暗い海の上で航海ならぬ後悔をしていた。初めて味わう激しい不快感と吐き気に襲われ、陸地を羨望の目で見ていた。船は大きな円を描くように湾内を回り、陸地に近づいていったかと思うとまたどんどんと離れていく。それをかれこれ二時間ほど繰り返していた。いっそ泳いでいってしまおうか……。到底できるはずはないのに、そんなことを思ってしまうほどに帰りたかった。晩ご飯を食べずにきたのは幸いだった。何かを口にしてきていたら、今頃とっくに海の中に吐き出していただろう。

船の上にあるのは大量の打ち上げ花火。ビール。日本酒。酒のつまみ。太鼓。ばち。大きな鐘。それに鐘をつく木槌《きづち》だ。

以前、島の学芸員さんが家へ遊びに来た時に祭りについて教えてくれたことがあった。管絃祭は雅《みやび》な祭りだと。船上で、月を愛《め》でながら酒を飲み、花火に興じる。これを雅と言わずしてなんと言うのかと。

確かに揺れなければそうかもしれない。だけどこの日は、風が吹き、小雨もあった。船は大きく脈を打つように、上がったり沈んだりを繰り返す。

僕らの船は最後尾で前に二隻が連なっている。船といっても、一番前の船だけにエンジンがついていて、後ろに続く二隻はロープで牽引してもらっている御座船《ござぶね》だ。すぐ前をゆく御座船には神輿を中心に神主さんや祭りの総代たちが乗っている。そして僕らの船は神輿の担ぎ手となる村の若い衆が乗り込み、ゆうに一〇〇はあるんじゃないかと思うほど大量の提灯の灯りで飾られていた。月夜の下、いくつもの提灯を乗せた船がゆっくりと湾内を周遊する。確かに離れて見ていたらとても美しいものだろう。だけど僕の心はまったく美しくなく、吐き気でいっぱいだった。何もしていないのも苦しいだけなので、気を紛らすつもりで僕は鐘を打っていた。別の一人が太鼓を打ち、僕が鐘を打つ。これも鳴らすリズムが決まっていて、簡単ではあったが船が出る前に長老の一人に教えてもらっていた。

一つ前の船から、風に乗って笑い声が聞こえてくる。宮司や長老たちが一緒に酒を酌み交わしているようだ。神輿の神様も一緒に楽しんでいるだろうか。

僕は鐘を叩いた。湾内に響かせるため力いっぱい叩いた。この日ばかりはうるさいなどと思う人間はいないのだ。

長い一年の中でたった一日。この日だけ、暗い神社の奥から出て、月夜の下で波に揺られる。神様にも鐘の音は聞こえているだろうか。船酔いに朦朧《もうろう》となりながら、僕は鐘を打ち続けた。

船が陸のほうへと近づいたその時に、かすかに子供の声がした。

「……ととー、……がんばれー……」

途切れ途切れだったが、うちの息子の声のような気がした。

その一瞬、思い出せなかった夢を突然思い出したみたいに頭の中にイメージが次々と浮かんできた。

浜辺の道をどこまでも続いていく屋台。色とりどりの提灯《ちょうちん》で飾られている。子供たちは夜遅い時間でも走り回れるこの特別な一日に興奮を隠すことなどできない。射的、水飴、ポン菓子。熱狂する子供たち。ベーゴマを回しているのだろうか、コマのぶつかり合う音が聞こえる。途切れることのない笑い声。大人たちは酒を酌み交わしている。往来は人の肩がぶつかり合うほど大勢の客で賑わっている。大声で歌を歌い、踊る人々が笑っている。餅を焼いている女性がいる。醤油の焼けたような甘い匂いが潮風の中に漂っている。そして鐘の音が聞こえていた。海に浮かんでいる提灯船からの鐘だ。そして空へ大きく花火が打ち上がった。ひときわ大きな歓声が上がる。みんなの目の中には散っていく花火と大きな丸い月が浮かび上がっている。

これは幻影だ。船の上で鐘を打ちながら僕が見た、かつての幻影だ。今や浜辺の光は僅かな提灯だけであり、人影もまばらだ。屋台など一つもありはしない。あの喧騒や笑い声はどこへ行ったのか。あんなにもいたたくさんの人たちはどこへ行ったのか。なぜ島を出て行ったのか。なぜ人は街を目指すのか。

吐き気を打ち消すように僕は鐘を打ち続けた。

神様との長い船旅を終えて、ようやく港にたどり着き、陸地に足をつけたその瞬間を僕は忘れない。

揺れない。どれほど力を入れて踏んでも揺れない。

まさに揺るぎない安心感が体にじわりと広がった。いつか観た映画で船乗りが砂浜に降り立って、足元の砂浜にキスをしていたシーンを思い出す。僕は本当にそんな気持ちになっていた。キスをするような心の余裕はなかったが、なんと愛すべき大地か。

揺れないということがこれほど素晴らしいことだったとは。

「座って飲み直そうやー」

背後から聞こえてくる、長老たちの恐ろしい会話に振り返る余裕もなく、逃げるように家までの道を急いだ。

這うようにしてなんとか帰り着いた家の玄関で、扉を開けた途端に倒れ込み床に突っ伏して動けなくなってしまった。

「大丈夫!?」

気づいた家族が驚いて駆け寄ってくる。ちっとも大丈夫ではなかったけれど、この胸の気持ち悪さも、肩の痛みも、年に一度しか動くことのできない神様をお連れして、海の上で一緒に楽しんだのだと思えばそう悪いものではないような気もした。


……おええぇっ。

猫のあんず

三年ぶりだったろうか。

世界中で大流行している疫病のせいで長らく会っていなかった両親の暮らす東京へと、久しぶりに出かけた。

数年ぶりに見る成長した孫たちの姿に、両親は心からの笑顔になった。嬉しそうな親の顔を見ていると、普段の自分の無精《ぶしょう》は棚に上げ、親孝行しているような気分になるから不思議である。

だが再会から数時間も過ぎれば、やることも話すこともなくなる。

ここは東京。瀬戸内の島で生まれ育ち、いつも雄叫びを上げるように近所を駆け回っている子供たちはすぐに退屈してきた。やることも特にないので、実家のすぐ近所に新しくできたというショッピングモールへ出かけることになった。

僕は元来、人混みが苦手である。人混みの中で買い物をするのはもっと苦手である。自分の歩きたい速度で歩けないというのが、まず腹立たしい。モールなんてどこも大きさ以外は大して変わらないじゃないか。似たような店に似たような空間。自分が今いったい日本のどこにいるのか、なんだか迷子になったような気持ちになってくる。どこかに風情のある商店街は残っていないのだろうか。

だが、何事も勉強である。この日、僕らは思いもよらない店に遭遇した。その名は猫カフェ。漢字の読めるようになった娘がまずその看板に気がつき、ゲームセンターへ行くはずだった弟を、いつものように口車に乗せた。二人は完全に猫カフェに行く気持ち一二〇パーセント。何があっても行くと言って聞かないので、仕方なく入ってみることにした。

入口にはレジがあり、その後ろの大きなガラス窓からは、店内がよく見える造りになっている。なるほど。確かに猫カフェという名の通り、数多くの種類の猫たちが、店内の至る所に見える。テーブルの上、椅子の上。壁を伝って歩くもの。窓辺で寝るもの。高いところから見下ろすもの。

正直に言って、そもそも僕は猫がそんなに好きではない。もちろん飼ったこともない。犬か猫かと言われれば、犬と即答する。コーヒーを飲むならもっと静かなところに行きたかったが、こうなってしまってはどうしようもない。子供たちの目はもう輝いてしまっているのだから。

先にレジで飲み物を注文するルールだったので、カフェラテを頼んだ。ラテアートというサービスがあるらしく、店にいる猫から好きな種類を選べと言う。昨今のバリスタはとうとう猫の顔まで描き分けられるようになったらしい。店員に言われるまま、写真の中からどの猫がいいか選ぶよう娘に促《うなが》したところ、

「私二個がいい」と言った。

まったくどうしていつもそういうわがままを言うんだ。二個は無理なんだから一個にしなさい！　と、イライラしていた僕は語気を強めて言った。娘はポカンとしている。娘が指を差した写真をよく見ると、そこにはアメリカンショートヘア「ニコ」と書かれていた。

レジの女性は苦笑いしている。僕は耳を掻きながら、ニコちゃんでお願いしまーすと告げた。

猫が逃げないためなのだろう、二重の扉になっているガラス戸をくぐって僕らは店内へと入った。

右に猫。左に猫。壁を見上げても猫だった。

子供は二人とも猫のほうに走っていったので、僕と妻はなるべく猫のいなそうな一番奥の窓際の席に腰を下ろした。これでやっと落ち着ける。風船から空気が漏れるような息を吐いた。長いドライブの果てにたどり着いた東京だ。僕らは夫婦揃ってとても疲れており、すぐに眠気がやってきた。昼下がりの温かな日差しが心地よかった。

しばらくして不意に手元のブザーが鳴った。飲み物ができたという知らせだ。僕は一瞬の昼寝から覚め、飲み物を取りに行った。

お待たせしましたー、と言う店員のお姉さんから渡されたカフェラテには確かに写真のニコちゃんの顔が描かれている。すごい。完全に再現されている。これは時間がかかるわけだ。でもあまりにもできすぎている。これではこのラテアートの達人が休んでしまったらカフェは回らないんじゃないか。この人はちゃんと休暇はもらえているんだろうか。もしかしてここはブラック企業なのでは。これってあなたが描いているんですか？　思い切って聞いてみると、「いえ、こういうプリンターがあるんです」とさらりと答えてくれた。どうやら進化したのは職人の腕ではなく、機械のほうであったらしい。

席に戻ると、子供たちが猫に餌をあげたいとせがんでくる。店内にはあちこちにガチャガチャが設置され、猫の餌を販売しているようだった。もちろんさっきから気づいてはいたが、見て見ぬふりをしていた。二〇〇円。まあそれくらいならいいか。一回だけだぞ、と二人にお金を渡すと、その一分後にはもう戻ってきた。もう餌がないから、もう一回やりたいという。

たった今あげただろ!?　嘘くさいので確かめるため、今度は僕も一緒にガチャを回しに行った。出てきたプラスチックのボールを開けると、中には僅か六粒ほどの柿の種のような猫の餌。子供の言ったことは本当だった。これなら三秒でなくなるだろう。その餌のあまりの少なさに呆気に取られている僕の周りに、七匹ほどの猫が早くもわらわらと集まり、物欲しそうな顔で見上げているじゃないか。なんという危険な場所なんだここは。このままでは子供と猫とガチャガチャの無限ループに突入して有り金全部を吸い込まれそうな気がしたので、餌を子供の手に押し込み、そそくさと僕は退散した。

そういえば人生で一度だけ猫と少し仲良くなったことがあった。

あれは確か周防大島に移住をしてすぐの頃だ。僕らはその時、築二百年ほどの古民家に暮らしていた。生まれて初めて暮らす、土間と竈《かまど》のある日本家屋は驚きの連続だった。

台所に行くだけなのに靴を履かなくてはならなかったし、大雨の日は土間が水で染みてきて、ものすごい湿気だった。お気に入りの皮靴にカビが生えてがっかりしたのを覚えている。赤ん坊がいたのも具合が悪かった。突然の泣き声に振り向くと、土間に娘が頭から落っこちていたなんていうこともあった。

だが何より驚いたのは土間という空間が、半ば自分の家ではないような場所であるということだった。まるで縁側のように人はそこまで、堂々と土足で入ってこられる。夜、まさにこれから寝ようというその時に、近所のめかし込んだおばあちゃんが酔っ払って入ってきたこともあった。

親切に晩ご飯のおかずを一品置いていってくれる人もあった。

早朝の六時前に近所のおじいさんが「おるかのー？」と入ってきたこともあった。

そしてどこからかやってくる野良猫もあった。

体の小さな灰色と白の縞《しま》模様のその猫は、夜によくやってきた。足だけは真っ白で、なんだか地下足袋でも履いているように見えたので、僕と妻はいつからか「タビ」と呼ぶようになっていた。痩せていたがとても綺麗な猫だった。一度、ダシを取り終えたイリコをあげたのがいけなかったのか、毎晩のように顔を見せるようになっていった。最初のうちはどこか恐れているようだったけど、次第に慣れ、体を撫《な》でてもじっとしているようになった。

だがある時を境に、急に顔を見せなくなった。どこか遠くへ行ってしまったのだろうか。あるいは轢《ひ》かれてしまったのか。どこかで拾われたのか。

徐々に可愛くなってきていたタビを心配する妻と僕だったが、あれっきり二度と会うことはなかった。

東京の猫カフェでそんなことを思い出していた。

妻は本当に疲れているらしく、窓際でよく寝ている。僕は甘ったるい猫のカフェラテを飲みながら、久しぶりに見る東京の郊外の景色を眺めていた。窓の外には、数多くの家族連れが年末の買い物を楽しんでいた。視界に入る人たちだけですら、もう周防大島の人口を超えているような気がする。海も山も見えないからだろうか、なんだか外国を旅しているような気分だった。

その時、足に何かが触った。上から見ても何もいないので、屈《かが》んで椅子の下を見てみると、一匹の潰れたような顔をした白い猫がそこにいた。なんとなく面構えと態度が太々《ふてぶて》しい。

テーブルの上に置いてあった猫紹介の写真を手に取り、よく見比べてみた。たぶんこれだなという少し不細工な猫がいた。「あんず」と書いてある。試しに名前を呼んでみた。

あんずは僕の呼び声には見向きもせずに、椅子の下から窓の縁へと素早くジャンプした。どうやら日の当たっていたその場所で日向ぼっこをするのが目的だったようだ。気持ちよさそうに、目を瞑《つむ》ってじっとしている。さっきまでの太々しさが少し和らいでいるような感じがしたので、そっと手を伸ばし恐る恐る触ってみた。びっくりするほどふわふわだ。もっふもふだ。太陽の光を浴びて、眉間に皺《しわ》を寄せている。そのおでこのあたりを撫でてみる。気持ちよさそうにじっと動かない。猫の額《ひたい》に手を置いて、一緒に日の光を浴びながらうとうとしていると、とてもいい気分になってきた。あんずと日の光以外のことはもはやすべてどうでもいいような気がした。

しばらく時間が過ぎると、あんずは仰向けに寝っ転がった。腹を出して目を瞑っている。おおなんと。心を開いた。そう思った僕は腹を撫でてやった。一転、あんずは素早く嚙み付いてきた。甘嚙みではあったがびっくりして手を引っ込めた。何事もなかったかのようにまた寝に入るあんず。もう一度ゆっくり手を伸ばし頭を撫でてやる。やはり仰向けのまま気持ちよさそうな顔でじっとしている。顎《あご》の下を撫でてから、そーっと腹のほうへ手をやってみる。ガブリ。もう一度嚙み付いてきた。

なかなかしたたかな牝猫である。出会ったばかりでそこまでは許さないわよ。まるでそう言われているようであった。僕はそのアメとムチ作戦の術中に見事にはまった。あんずちゃーん。自然と出てしまう高い声は、ついさっき孫を抱き上げていた実家の父によく似ている気がした。

それからしばらくして、あんずと一緒に昼寝をしていた僕は目を覚まし、ふと時計を見た。店内に入ってから一時間が経過していた。名残惜しくもあんずに別れを告げたが、彼女は僕には目もくれなかった。

子供たちと妻を招集し、店を出ようと入口のガラス戸へ向かった。ガラス戸に手をかけたその時に、足元に何か触った。あんずであった。店の一番奥に座っていた僕の席からはかなりの距離があるのに、わざわざ見送りに来てくれたようだった。もう一度触ろうとしゃがみ込み手を伸ばしたが、プイッと向こうを向いて去っていってしまった。それっきりこちらを振り返ることはなかった。

……あんずちゃんまた来るからね。

猫の余韻にふわふわと浸りながら、レジで支払いを済ませようとした僕は驚愕することになる。

「八五六〇円です」

爽やかな声で、そう伝えてくる店員のお姉さん。

はい??

店にいたのは僅か一時間。飲んだものは大してうまくないカフェラテ二杯と、子供たちのジュースだけだ。

耳を疑ったが、目の前のレジの画面にきっちりとした数字が並んでいる。

そうか、ここは新手の風俗なのか。

あんずの顔が頭に浮かんだ。

ちょっとクセのある美人揃いの店。不平不満は決して言わないホステスたち。それも年中無休で働いて、一切のお金は求めない。

これはとんでもなく頭のいい人が始めた新しいビジネスにちがいない。家では猫を飼えない猫好きも多いだろう。猫好きだけじゃない、世間の荒波で疲れた心を癒やしに来るサラリーマンもたくさんいるはずだ。入れ込みすぎて、猫を我が物にしようと拉致《らち》を考える人すらいないとも限らないじゃないか。突然ハッとして、あたりを見回す。誰か黒いかばんのようなものを持っている頭のイカれた奴がいはしまいか。あんずちゃんの無事が心配になってくる。来年も必ず会いに来るからね。今度はたくさんお金持ってくるからね。

屁みたいな時間

最近息子のおならが臭い。七歳のそれとは思えぬほどに臭い。いや今に始まったことじゃない。思い返せば、保育園時代からその臭さは群を抜いていた。出る気配を感じたら、素早く保育園の外へ出て放屁。尻を七回振ってから戻ってくるように。そんな変てこなアドバイスを息子に与えるほど、保育士さんたちも臭さに耐えかねていたようだった。

一度、島の料理屋でも気まずい思いをしたことがあった。

家族で温泉の帰りにご飯を食べながら、気持ちよく一杯やっていたが、気がつくと息子の姿が見えない。どこへ行ったのかねえなどと話していたら、通路を挟んだ個室席の扉がバンと開き、中から顔馴染みの大工さんがうちの息子を抱きかかえて小走りに出てきた。どうやら息子は知っている顔の人を見つけて個室へ入り込み、室内で派手にお見舞いしたらしい。

「こりゃすごい！　どういうたらええんじゃろう……これはほんまにすごい破壊力じゃね」

その臭さに驚いた大工さんの口ぶりには一切の嫌味はなく、本当に感心したという様子で笑顔で言った。

この夜は何かの会合があったようで、開いた扉の中を見ると元町会議員の方や、県の職員の方など、数名のお偉い方々が宴《うたげ》に興じている。僕の顔を見た一人が個室の中へ呼び、酒を勧めてくれた。断るわけにもいかないので、そそくさと部屋へお邪魔したが、僕は酒を注いでもらいながらも息子の残り香に閉口していた。息子は大事な会合に水ならまだしも、屁を差したのだ。僕は申し訳ない気持ちでいっぱいだったが、何十年も議員を務めてきた主賓の方はさすがであった。そんなことは意にも介さず豪快に笑って酒を酌み交わしていた。

隠さずに書こう。

息子の屁の臭さは僕由来のものだ。

妻に言わせれば、まったく同じだという。それどころか、息子のものをさらにギュッと凝縮したのが僕のものだという。おならが原因で離婚した夫婦もどこかにいると思う。いつだったか妻は僕に向かって真顔でそう言った。

なぜこんなに臭いのか。ほとんど同じものを食べて暮らしている妻や娘は臭くないのに、なぜ僕と息子だけが臭いのか。

先祖にスカンクを徒《いたずら》に殺し、怨念《おんねん》を受けた者がいるのではなかろうか。いや、スカンクは日本にはいない。だとすると、どこか外国の血が僕たちにも流れているのだろうか。

今までたくさんの失敗をしてきたが、特に忘れられないのはホームセンターでの出来事だ。

僕は仕事柄よくその店を利用している。どうしても手に入らないものは仕方ないのだが、島で手に入るものはなるべく島の中で買うことにしている。そうやって地域の中でお金を回していくことこそ大事なことだと日頃から思っているからだ。

だが、この日ばかりはネット通販で済ませるべきだった。

その日何を買いに行ったのか、詳しくは思い出せないが、たぶん工具か何かが足りなくなって立ち寄ったのだろう。

体の中から出ていく前から、すでに悪い予感はあった。腹の中に特別熱いものを感じていたからである。こういう時は始末が悪い。確実に臭いことは経験上わかっていた。だが、出口は遠かったし、何よりこの日の客はまばらで少なかった。そして僕のいた通路には誰の人影もない。チャンス。今しかない。僕は思い切って放った。正直自分でも人生のワースト3に入るほどに臭かった。周りの空気が澱《よど》み始めたその直後に、通路に女性がやってきた。話したことはないが、よく見かける若い色白の綺麗な店員さんだ。どうか近くまで来ませんようにと祈るのも虚しく、事もあろうに、彼女は僕の目の前にある商品を取りに来た。居ても立ってもいられず僕はその場を離れた。僕の後方で彼女の鼻が曲がる音が聞こえた気がした。彼女の色白の肌が黄色に汚染されていく気がした。僕は心の中で何度も謝ったが、神様は時に手厳しい。僕がたどり着いたレジに立っていたのは彼女その人だった。彼女はいつもと変わった様子はどこにもなく、淡々とレジでの会計作業を進めていく。僕が支払いを済ませている間、彼女が僕のほうを見ることはなかったし、僕も彼女の顔を見ることができなかった。

それからしばらくして彼女はホームセンターを辞め、それっきり姿を見かけたことはない。彼女が退職した理由のどこかに僕の屁が関わっているんじゃないかと、僕は今でも本気で思っている。

そういえば島の暮らしの中で、印象に残っているレジでのやりとりがもう一つある。あれも周防大島に移住してからそんなに月日が経っていない頃だ。

僕はその日初めて入った喫茶店でコーヒーを飲み終え、お代を払おうと店員さんに伝票を渡した。彼は僕よりいくらか年上だが、この過疎の島では確実に若者と呼ばれる年齢だ。正確な金額は忘れてしまったが、たぶん三五〇円とかそのくらいで、僕は一〇〇〇円札を渡したのだと思う。彼はレジを打ち込み、お釣りを出した。片方の手で小銭を持ち、もう片方の手にはレシート。僕に渡されるはずのそのお釣りとレシートを持った彼の手が空中で突然止まった。

「あー……」と言いながら、彼はなぜか目を見開いてレシートを見つめ始めた。彼のその大きな目から察するに彼は老眼などではない。いったいレシートに何が書いてあるというのか。思わず僕は身を乗り出した。彼は口を半開きにしたまま、レシートを上げたり下げたり舐《な》めるように見つめている。なんの変哲もないレシートだったが、彼にしか見えない特別なメッセージでも書かれているのだろうか。長い間目を凝《こ》らし、眉間に皺を寄せている彼がミスター・ビーンに見えてきた。もしかして僕はからかわれているのか？

驚くほどに長く感じられた時間はせいぜい三十秒くらいだったのだろう。口を開けたままレシートを見続けていた彼は突然僕のほうへ向き直り、

「六五〇円のお返しです。ありがとうございました」

と、さらりと言ってお釣りをくれた。僕は思わず腹を立てた。

知ってるよ！　一〇〇〇円札出した時から知ってましたよ！　時間返してくれや！

声にこそ出さなかったものの、つい心の中で叫んでしまった。

そしてこのことを思い出すたびに、ある映画の登場人物もセットで思い出してしまう。それはミスター・ビーンではなく、「ももへの手紙」というアニメーション映画だ。

映画の舞台は周防大島によく似た瀬戸内海の島で、方言もよく似ている。登場人物の一人に郵便配達の男がいる。彼は都会で商社マンに挑戦したが、それを辞めて島に帰ってきたという。

近所のおじいさんとの会話だけで彼の人物像が滲《にじ》み出ている。

「まあた隣のハガキが家に入っとったぞ！　しっかりしんさい！　お前は何をやっても失敗ばっかりで」

「あちゃー、まあたやってしもうた」

うろ覚えなので間違っていたらご容赦願いたいが、こんな会話だったと思う。

自分の失敗を笑いながら頭を掻く彼は、おっちょこちょいな人間だ。都会の商社マンのように素早く、先を読んで行動することはきっと得意じゃない。だけど彼はその人間性において村の人から信頼されている。

田舎で暮らしていてよく思うのは、大事なことが都会とは違うということだ。いくら仕事が素早くこなせても、信頼のできない人間とは一緒に暮らすことはできない。

都会で評価されるのは仕事を素早くこなし、結果を出す人間だろう。何につけてもゆっくりな人ではろくに仕事すら回してもらえない。では世の中にたくさん存在する少しだけゆっくりな人の居場所はどこにあるというのだろう。

僕はレシートの珍事件を思い出すたびに、怒った自分を思い返して恥ずかしくなっている。いったい自分の三十秒がどれほどのものだというのか。馬鹿馬鹿しいほどに短い時間だ。僕はたぶんあの時、自分でも気づかないうちに島の中に都会の時間を持ち込んでいたのだ。

都会の時間感覚と島の時間感覚はまるで別のものだと今ならわかる。

近所の狭い田舎道で、前を走っていた軽トラが突然ピタリと停まる。運転していたおじいさんと、道路の脇を歩いていたおばあさんがすれ違いざまに猪について話を始めたようだ。あちこちの畑が荒らされて困っているのはみんな同じだ。

「あんたんとこもかね？」

「ほうよ、うちも芋がみな食われたんよ」

話し始めて三分が経過した頃、後ろの僕の車にようやく気がつき、再び車は走り始めた。僕もすれ違いざまにおばあさんに挨拶をする。

「今日はいい天気ですねえ」

「ほんまにいい日和じゃねえ」

向こうも笑顔でこちらを見て手を振っている。三分返してくれや！　などと思うことはもうなくなった。

あの喫茶店もなくなってしまったが、レシートを見ていた彼は今も元気にしているだろうか。あの時、僕が感じた怒りはひょっとすると自分に向いていたのかもしれない。彼のレシートを見つめるポカンとした表情は僕が屁を放つ表情によく似ている気がした。

ブラウン

近頃、島の中で泥棒が出るという。

事件らしい事件などほとんど起こらない周防大島だが、このところよく耳にするのがこの空き巣の話だ。島の人間は玄関の鍵をほとんどかけないというのだから、都会に暮らす人は呆れてしまうかもしれない。

つい先日、知人の家にも泥棒が入ったらしい。といっても、被害は大したものではなく、つい玄関先に置いてあった子供のお年玉を持っていかれたという話だ。やはり玄関に鍵がかかっていなかったそうだ。

戸締まりしないのは不用心だから、鍵をかけることにしよう。

てっきりそういう話になるのかと思ったのだが、その人は今でも鍵をかけていないという。

以前、ドキュメンタリー映画でカナダに暮らす人が、「家に鍵はかけない、それほどにここは治安がいいんだ」と話しておりた驚いたことがあったが、どうやらここ周防大島もカナダに負けず劣らず、暮らしやすい島であるようだ。

近所の建具屋さんである田村さんの作業場もいつも鍵がかかっていない。誰もいない時でも常にそこは開かれている。ツバメが巣作りをする時期などは、入口の扉すら開いたままになっていて、作業場の天井には毎年いくつもの巣が残されていた。

田村さんはいつも独特の語り口で話をしてくれる。僕は田村さんの話を聞くのが好きで、よく通りかかっては作業場に顔を出していた。

この日はちょうど島で起こった空き巣の事件について話が及んだ。すると、田村さんは泥棒をする人間に対してこう言った。

「因果を知らんのんじゃ。恐ろしいことよ。善因善果、悪因悪果。すべて自分に返ってくるんよ。いいことをすればいいことが返ってくる。悪いことをすれば悪いことが返ってくる。それも大きなって返ってくるんよ。その人間は因果を知らんのんじゃ。

恐ろしいことよのう」

田村さんの作業場はいつも演歌がかかっている。しかもフルボリュームでかかっている。別に耳が遠いわけではない。かつてカラオケの先生もやっていたことがあるという田村さんのスピーカーはきっとこだわりの物なのだろう。最初はそのあまりの音量に驚いたものだったが、慣れてしまえばそう居心地の悪いものではない。

あれはいつだったか、一度明け方に田村さんの作業場を通りかかった時、演歌が聞こえてきたことがあった。流れていたのは大音量の北島三郎だ。僕は思わずエンジンを止めて、車を降りた。

ちょうどその時、鳥たちが一斉に鳴き始めた。早朝のある一定の時間、鳥たちはやけに騒がしく鳴く。それは空気が最も静かな時間で、鳴き声が一番美しく遠くまで聞こえるからだと、何かの本で読んだ。

青白い澄んだ空気の中で聞こえた三郎もまた格別であった。朝靄《あさもや》の中に立っている自分が、どこか違う時代、どこか違う時空の隙間のようなところに入り込んでしまった。そんな錯覚を覚えた。

田村さんの作業場の横には黄色いフォークリフトがいつも停まっている。かなり使い込まれた年代物で、あちこち錆《さ》びており、とても動きそうになかったが、まだ使えるという。

そのフォークリフトのことを思い出したのは、ある機械がうちの作業場に到着した時だ。

その機械は二〇〇キロほどもあるのに、運送屋さんはたった一人でやってきた。こちらは向こうが一人でやってきたことに呆れたが、向こうはこちらが僕一人だということに呆れていた。どう考えても二人で抱えることなど不可能だった。

僕の作業場と田村さんの作業場はちょうど山の反対側だが、ほんの一キロほどしか離れていない。北側の斜面を下り切ったところが僕の作業場で、南側の斜面を下り切ったところが田村さんの作業場だ。あの坂道を上がっていけばもうすぐそこだ。

僕は田村さんを頼って電話をした。事情を説明している僕の声を遮《さえぎ》って、田村さんは即答してくれた。

「ワシが行っちゃらあ。すぐ行くけえ、待っちょきんさい」

ほっと胸を撫で下ろし、僕は待った。

だがいくら待っても田村さんは一向に現れない。おかしい。ほんの一キロしか離れていないというのに。何かあったのだろうか。

だんだんと僕の不安が大きくなってきた頃、遠くから高鳴るエンジン音が聞こえ始めた。

来た来た来た！　待ってましたよ！

僕は横にいた運送屋さんと一緒に立ち上がった。

音の方角、坂の頂上を見上げると、フォークリフトに乗る田村さんの姿が見えた。

ウイィィィィィィィィン！！！

ものすごい音が集落に響いている。

だが遅い。田村さんの乗るフォークリフトはとてつもなく遅かった。

時速五キロくらいだろうか。どう見ても歩いているくらいの速度だ。

僕と運送屋さんは顔を見合わせ、もう一度座り直した。

その後、ゆっくりと到着したフォークリフトはボロボロだったが、その力はやはり

は必要だったが、なるべく自分たちの手でやることを選んだ。内装や、外壁などの塗装の仕事はすべて僕ら自身でやった。

もちろんプロに頼んでしまえば簡単なことだったが、多少下手でも自分たちの手でやるほうが、思い入れも湧く。あそこのマスキング失敗だったなあ、などと思うこともあるが、今となっては楽しい記憶に変わった。素人集団ではあったが、作業の後半はみんなもだんだん慣れてきて、その出来栄えに僕らは自画自賛していた。

新しい工房は田村さんの作業場のすぐ目の前にある。

田村さんは僕らが塗装作業をしていると、

「器用じゃのう、なかなかええ具合にできちょらあ」

などと言って、しょっちゅう顔を覗かせてくれた。

外壁をすべて塗り終わったある日、僕は少し離れたところから工房を眺めていた。

当初、赤い土のようなイメージで塗り始めたその赤茶色の塗料は、思っていたよりもずっとピンクだった。

これ何色だと思う？

そう娘に聞くと、「真っピンク」と答えが返ってくるほどにピンクだった。集落の中で浮いているんじゃないか、ちょっとやりすぎだったんじゃないか。何を言っても後の祭りだったが、正直僕は少し心配な気持ちで工房を眺めていた。

通りかかった田村さんが自転車を停めて僕の横に近づいてきた。

「ええ感じに仕上がったのう」

「色どうですかね？ どう思います？」

「ええ色じゃのう。どう言うたらええかのう、なんかこう、胸の中がぽうっと温もるような、あったかい感じがするのう。気持ちが明るくなる。ええ色じゃ」

ドキドキして聞いた僕は、この言葉に大きく救われた。

「とひ（雨どい）は塗らんのんか？」

「これから塗りますよ。来週やろうと思ってます」

「何色にするんで？」

「雨どいまでピンクってわけにもいかないんで、茶色にしようかなと思ってます」

「茶色かあ。……それもええが、ブラウンがええじゃろうのう」

……ん？　ホワット？　なんですと？

「茶色も悪くはないが、……まあブラウンが一番ええじゃろうのう」

しみじみと田村さんは目を細めて同じことをもう一度言った。

「……いいっすねえ、ブラウンもいいっすねえ」

田村さんのブラウンがいったい何色なのか心底気になったが、僕には聞くことができなかった。

そして次の週、雨どいはすべて綺麗な茶色に仕上がった。

これを書いている今日は啓蟄《けいちつ》だ。

冬を越えた虫たちが土の中で初めて動き出すという、春の到来を表す暦《こよみ》だ。

蜜蜂たちの動きも少しずつ活発になってきた。

僕が暮らす集落の河津桜《かわづ》は満開になり、今まさに見頃を迎えている。

僕と妻は近所の河津桜を一枝切って、田村さんの作業場まで持っていった。田村さんが亡くなって数日、もしも魂がまだ残っているなら、戻ってくるのはきっと一番時間を過ごしたこの作業場だろうと二人で話した。

花瓶に河津桜と菊の花を生けた。

田村さんの作業場はとても静かだった。なんの物音もなかった。

田村さんが使っていた、作業台、アンプ、スピーカー、ラジオ、たくさんの工具、カレンダー、椅子、ヘルメット、バイク。すべてがそのままに置かれている。

天井を見上げると、梁《はり》にはいくつものツバメの巣が残されている。巣から糞が落ちてこないようにするためだろう、巣の下にはベニヤ板がきちんと取り付けられている。

田村さんの作業する頭の上で、今まで何羽のツバメがここから巣立っていったのだろう。

ツバメは育った場所に戻って子育てをするというが、この作業場の扉が開くことはもうなくなってしまった。それでもツバメたちはまた新しい寝床をすぐに見つけ、きっと逞《たくま》しく子供を育てていく。

田村さんが教えてくれた大切な言葉がある。

それは今も、うちの作業場の柱に貼り付けたままである。

「昔、岩国に行った時にのお、あれはなんの商店じゃったか、それは忘れてしもうたが、店の壁の高いところに大きな字でこう書いてあった。『信用は無限の資本なり』。今でもはっきり覚えとる。そん時ワシは思うたよ、これは誠《まこと》のことじゃって。これは本当のことなんよ。資本いうのは金のことじゃない。そらあもちろん金も少しはいるがのう。肝心なんは人からの信用よ。これが一番の要《かなめ》よ。そん時ワシは、ようわかっとる店主じゃのう思うたよ。商売やる人間はのう、こういう気持ちじゃなきゃいかん。『信用は無限の資本なり』。ええ言葉じゃろう？」

II

口下手なおじさん

もう何年も前のことになるが、はちみつ工房にいる時に電話が鳴って妻がとった。声が似ていたのだろうか、なぜか妻はその時、電話の主と父親を間違えた。

「もしもし、あ、お父さん？　……じゃないですね。すいません、失礼しました」

僕は部屋のかたわらで別の作業をしながら、なんとなく耳を傾けていた。いつもなら聞いているだけで誰からの電話なのか見当がつくものだが、この時はよくわからなかった。

しばらく続いた電話の受け答えから察するに、やや風変わりなお客からという感じだ。妻は話を受け流している。

養蜂を生業《なりわい》としているので当たり前だが、かかってくる電話のほとんどは蜂蜜の注文である。だがこの時の電話の主は、特に蜂蜜を注文するというわけでもなく、どうしてこんなにおいしいのか、その秘密はいったいなんなのか、とにかく話を聞きたい。そんな様子だった。

今振り返っても、ああいう類の電話はあの時一度きりだ。

数分間続いたやりとりの後で、妻は電話の主に言われるがまま、携帯番号をメモし始めた。これも奇妙な光景だった。なぜこちらが番号をメモする必要があるのか。

「はい。ヤナギヤさん……。はい。電話番号控えました。ヤナギヤさんですね。わかりました。よかったらぜひ今度周防大島にも遊びにいらしてくださいね。それではまた」

電話を切る妻。

「なになに？　どういうこと？　結局誰からだったの？」

「なんか口下手なおじさんだったよ。こんなおいしい蜂蜜食べたことないって。すごい気に入ったって言ってたよ。それで、よくわかんないんだけど電話番号教えるからメモしろって。変な人だよね。コサンジさんだって。名前も変」

……え？

僕は目の前にあったパソコンですぐに検索をした。
そして震えた。
柳家小三治。
人間国宝。
「おい！　人間国宝の落語家さんだぞ!!」
ようやく、ことの重大さに気づいた僕らは二人で慌てふためいた。
国の宝である噺家《はなしか》に向かって口下手なおじさんはあんまりである。

それから数カ月後、縁あって松江での独演会にお邪魔する機会に恵まれた。本番前だというのに、小三治師匠は気さくにも控え室に招き入れてくださった。落語界の中でも甘い物好き、蜂蜜好きだというのは有名らしく、お土産に持っていった新作の蜂蜜もとても喜んでくれた。
国宝と呼ばれるほどだから、さぞやすごいオーラに包まれた方なんだろうと想像していたが、楽屋の扉を開けて中から出てきたのは無精髭《ぶしょうひげ》の普通のおじいさんだった。

恐れ入ります
切手を
お貼り下さい

郵便はがき

〒602-0861

京都市上京区新烏丸頭町
164-3
株式会社ミシマ社京都オフィス
編集部行

フリガナ

お名前 歳

〒

ご住所

(　　　)

ご職業

メルマガ登録ご希望の方は是非お書き下さい。

E-mail

★ご記入いただいた個人情報は、今後の出版企画の参考として以外は利用致しません。

ご購入、誠にありがとうございます。
ご感想、ご意見をお聞かせ下さい。

①この本の書名

②この本をお求めになった書店

③この本をお知りになったきっかけ

④ご感想をどうぞ

＊お客様のお声は、新聞、雑誌広告、HPで匿名にて掲載させていただくことがございます。ご了承ください。

⑤ミシマ社への一言

こう書くのは恐れ多いが、田舎によくある紺地にオレンジの刺繍が入った農協の帽子でも被ってもらったらよく似合いそうだ。そしてそのまま島の中を歩いていたとしても、完全に溶け込んできっと誰にも気づかれることはないだろう。

本当にこの人がそんなにすごい方なんだろうか？

門外漢である僕は自分の置かれている状況を理解していなかったが、楽屋へ案内してくれた落語事務所の方はすぐ隣で背筋を伸ばしきって緊張して立っておられる。

本番直前のこの時間にお邪魔するということがよほど大それたことであるとようやく気がつき、手短に挨拶を終え、そそくさとお暇《いとま》した。

「おいしい蜂蜜これからも作ってね」

とても優しい笑顔を浮かべてそう言ってくださった。

カチコチに緊張しながらも、「はい！　頑張ります！」と僕は返事をし、固い握手を交わした。

「俺のほうも頑張るから」

そう言った小三治師匠は笑っていたが、目の奥のほうからは何か静かに燃えるような光を感じた。

席に戻って、独演会が始まるのを待った。時間となりパッと客席の電灯が消える。ざわついていた会場内の空気がしんと静まり返った。舞台の上にだけライトがそっと落ちていく。舞台の袖から人が現れる。

小三治師匠だ。

その姿はまるで別人だった。

とてもゆっくりとした足取りで舞台の中央に向かって歩いていく姿を見ながら、さっき会った人は本当は誰か別の人だったんじゃないか、そう思わずにはいられなかった。

髭は綺麗に剃られ、和服に身を包んでいる。

目に見える姿だけじゃない。体に纏《まと》っている凛とした空気そのものが、さっきとはまるで違っている気がした。

演目の前に自由に語られるイントロ、いわゆる落語の「まくら」の部分で小三治師匠がその日何を話したのか、そのすべてをここで思い出すことはできないが、一つだけはっきりと覚えている。

師匠はこの日、会場近くの美術館へ行ってきたらしい。そこで前から見たかったという、日本画の巨匠・横山大観の絵を見てきた話をされていた。その絵がいかに素晴らしいものであったかをユーモアを込めて話す師匠から感じたのは、勝負する世界は違えど、自分も負けてはいられないぞという噺家としての矜持《きょうじ》のようなものだった。

小三治師匠は八十歳を目前にしながらなお、表現者として、芸の道を進む一人の者として、更なる高みを見ているのだ。国の宝と呼ばれようが、人からどれほど評価されようがこの人自身にはなんの関係もなく、常に前だけを見て進んでいこうとしている。

先ほど楽屋で見た、目の奥でゆらめいている炎の正体にほんの少しだけ触れたような気がした。

僕はこの日初めて、一人の噺家によって、物語の世界に吸い込まれるという体験をした。自分の肌が粟立《あわだ》つのを何度も感じた。

体験という言葉が的確だと思う。聞くというよりは、体ごと渦《うず》の中に引きずり込まれていく感じだ。

その日の演目の最後は「青菜」だった。

ある庭師が手入れをしているお屋敷で、そこの主人がひょんなことから庭師をもてなしてくれる。客人として自分を扱ってくれるその言葉遣いや気遣い、飲む酒や食べ物の違い、主人と奥方のやりとりなど、主人から受ける歓待のその端々で、庭師は大きく心を打たれ、そして憧れる。

庭師は自分の小さな家に戻り、今度は自分が主人として客をもてなそうと試みるのだが……。

演目の後半部分は、その前半を再現していくという話の作りになっている。

つまり観客である僕たちは主人公の庭師が次に何をやり始めるのか、何を語るのかを、あらかじめわかっている。わかっているはずなのに、腹が捩《よじ》れる、涙が溢れてくる。あまりにもうまくいかないその滑稽さに。その語り口に。

会場中のあちこちからうめき声のような笑いが起きる。物語の終盤、僕のすぐ隣に座っている人はひきつけを起こしたかと思うような笑い声を上げ、体をぶるぶると震わせた。

無理はない。僕もほとんど同じような状況だった。笑いすぎた涙で視界が霞《かす》んでいるのだ。誰もこの空間から逃れられない。小三治師匠がつくり出したのは、イメージの渦だ。その渦の中に一人残らず引きずり込まれ、涙を流している。

それはまさに至福の時間だった。

見ず知らずの人たちが一堂に集まって、日常のさまざまな煩悩《ぼんのう》を忘れていく。その目の前に浮かび上がる話に吸い込まれ、笑い、そして涙する。

もしも仏教でいう極楽浄土があるとするなら、こんな場所かもしれない、そんな考えが一瞬だけ頭をよぎった。

ちょうど先日、ある雑誌の中で女優の小林聡美さんが小三治師匠についてこんな文章を書かれているのを見つけた。

「入我我入」という言葉がある。密教の用語で、仏と我が入り混じり一体となる境地の事をいうそうだ。その言葉の意味を聞いたとき、小三治の落語みたいだな、と思った。聴くものの中に小三治の噺が入り、小三治の噺の中に聴くものが入る。
そして小三治もきっとそんな境地で噺を紡いでいるのではないかな、と。

（『別冊太陽スペシャル　十代目 柳家小三治』平凡社）

まことにうまいことを言う人である。僕は何度も膝を打った。小三治師匠の落語を体験したことのある人ならきっと誰もが頷くだろう。

何か一つの道を極めていく。

そのぶれない生き方に憧れてしまうのは、きっと自分がちっともそうではないからだろう。残りの人生でやりたいことを考えると片手では足らないどころか、すぐに両手両足まで必要になってくる。あまりの気の多さに我ながら呆れてしまう。

人間国宝と自分のような凡夫を比べるつもりは毛頭ないが、小三治師匠もどうやら気の多い人であったようだ。

先日読み始めた小三治師匠の『ま・く・ら』（講談社文庫）の中になんと蜜蜂の話を見つけた。

そこで師匠は蜜蜂の生態を語っていた。女王蜂の恐るべき産卵力や、雄蜂の怠けぶり。その交尾の不思議さや、雄蜂の死に方に至るまで。おそらく養蜂家ですら知らない人もたくさんいるだろう、かなり専門的な話を面白おかしく語っておられた。本当にさまざまなことに研究熱心な方だったのだと頭が下がる。

ちょうどその本を読み終えた頃に小三治師匠の訃報が届いた。

本の中では養蜂場にも行ってみたいと語られていた。あともう少しタイミングが違えば、周防大島で蜜蜂を一緒に見てもらうこともできたのかもしれない。そう思うと残念でならない。そして何よりあの渦のような空間がもうこの世に存在しないのかと思うと、とてもやりきれない。

死後の世界を信じているわけではないが、あったらいいなと思う時もある。

極楽で落語。

こう文字にしてみるとなんだかとても相性がいい気がする。そんなこともあるかもしれないと思えてくる。

もしかしたら今も肉体を失った魂たちがこんな会話をしているかもしれない。

「なんだいこの行列は？」

「ああ、今日は志ん生がやる日だってよ」

「本当かよ？　俺も見てえなあ、だけどこの人だかりじゃとても入れねえなあ」

「明日は新しい名人が来るってよ」

「本当かい？　誰だい？」

「柳家小三治だってよ」

「おお、そりゃあいいねえ待ってました。明日はもっと早起きして来ようじゃねえか」


蜜蜂のほうはどうだろうか？　天国に存在するだろうか？

天国と蜂蜜。ヘブンとハニー。

なんだかこれもすごく相性がいいように思えるのは僕だけなんだろうか。

小三治師匠の脇に僕が立っている。二人で蜜蜂の巣箱を覗き込んでいる。

「小三治師匠これを見てください、これが働き蜂です。全部雌の蜂ですね」

「どれどれ。おお、おお、なんだか健気《けなげ》な感じがするねえ。可愛らしいねえ」

「そしてこっち。のそのそと歩いている働かない蜂、これが雄蜂ですね」

「これかい？　なんだなんだ揃いも揃って不細工な奴らだなあ。見るからに怠けもんって顔に書いてあるじゃねえか。男ってやつはどうしてこうなのかねえ」

もしかしたらこんな会話ができる日が、いつかやってくるのかもしれない。

夢の続きは死後の世界で。

匂いたいのに

なんの匂いもしなかった。
片手に持っているのは香草の中でも特に強い香りを放つローズマリーだ。それがどうしたことだろう。今日に限ってなんの匂いもしない。いくら鼻に近づけても、まるでそこに存在しないように、何も感じることができない。

ローズマリーは家の庭の一角に妻が植えていたものだが、最近ものすごい勢いで成長している。僕は料理への使い方はまったく知らないが、近頃風呂へ入れることを覚えた。たまたまインターネットの記事でその効能を目にしたのがきっかけだったが、実際にやってみるとローズマリー風呂はとてつもなく気持ちのいいものだった。温泉も顔負けの心地よさである。ぬるめのお湯ではいけない。ローズマリーの持つ力を存分に発揮させるには、ハーブティーを煮出すかのように高温のお湯が必要だ。

そこへゆくと我が家にはとても便利なものがある。他の地域でなんと呼ばれているのか知らないが、ここ周防大島では「天日《てんぴ》」と呼ばれており、これを屋根の上に載せている家も多い。これは風呂用の太陽熱温水機のことで、これがあれば一年のうち半分以上はなんのエネルギーも使わずに熱い風呂を湯船に溜めることができる。夏場なんてほとんど沸騰しているんじゃないかと思うほどの高温が出てくるので注意が必要だ。


ローズマリーを煮出すにはまさにうってつけの代物だった。

頭からつま先まで湯船に浸かって、全身を温める。のぼせそうになったらそのまま外へ出る。

島の民家の風呂には、庭から直接入れるよう扉がついている場合が多い。これは海から帰ってきた時にすぐに塩や砂を流せるためなのだと思うが、うちの風呂にも庭への扉がある。

体を芯まで温めたら、僕はその扉から外へと出る。そして外に置いてある椅子に深く腰掛け、そのまま全裸で外気浴だ。都会でやったら一瞬で逮捕されそうだが、何しろここは限界集落だ。

たとえ生まれたままの姿であっても誰に見られることもない。せいぜい近所のおばあちゃんが目の前の道を通るくらいだろう。その時はいつものように元気な声で挨拶をしよう。

もともと風呂好きであった僕はすっかりこれにハマり、今では庭のローズマリーを収穫してくるというのはほとんど日課のようになっていた。

それなのに、である。

ある日突然になんの匂いもしなくなってしまった。少し触るだけで、手についた匂いがしばらくとれないほど強烈なローズマリーの匂いをまったく感じることができない。

嗅覚異常。明らかな異変が体に起きていた。

僕は片っ端からいろんなものを嗅いでみた。妻の香水や石鹸、シャンプー、洗濯物。汗臭いはずの自分の服。

どれ一つとして、なんの匂いもしなかった。

息子が屁をこく音がしたので、藁《わら》にすがるような気持ちで尻に顔を埋めたが、やはりなんの匂いもなかった。

あれほどまでに臭かったものがわからないなんて。

僕は自分の五感の一つを完全に失ってしまっていた。足元のほうからじわりと恐怖感がやってくるのを感じた。

こうなってしまった原因は明らかだ。

少し前に家族全員でかかったコロナウイルス。家族みんな体調はすっかり回復していたが、どうやら僕にだけ後遺症があるようだった。

文字通りの味気ない生活が始まった。

まず何よりも食事が楽しくない。味覚はあるにはあったが、どうやら人間はその香りも一緒に食べているらしい。塩や醤油やソースの味、肉や魚の味。いつもの味噌汁の味。かろうじて感じることはできるのだが、うまいという感覚ははるか遠くにいってしまった。

なんだか目には見えないオブラートのような、膜のようなもので自分が包まれているみたいだった。膜の中から見える世界は色彩がなく、モノトーンだ。

自分が感じないものだから、自分の屁に対してもどんどん興味が薄れていった。自分が臭くないのだから、他人もきっと臭くないだろう。そんなあり得ないはずの錯覚を覚え、僕は所構わず放屁するようになっていった。

気がつけば、トイレで一人自分の排泄物と睨《にら》み合っていることも増えた。そこにずっしりと横たわる糞がまるで自分のモノではないようによそよそしい。もはや糞でもいい。匂いたい。誰か嗅覚を返してくれ。

そんな匂いのない生活が続くある日、狸《たぬき》が死んでいるところに出くわした。国道の真ん中。ちょうど中央線の上あたりで倒れていた。太陽はまだ昇ったばかりだったから、暗い時間に車に轢かれたのだろう。

僕は仕事柄、いつもトラックで移動している。トラックには養蜂で使う道具以外にも、手袋やスコップ、新聞紙なども載せている場合が多い。この日もちょうどそんな道具が積んであった。僕はブレーキをかけて車を停めた。

田舎の道ではしょっちゅういろんな動物が死んでいる。まず圧倒的に多いのが野良猫だ。その次が猪、狸、蛇くらいの順番だろう。

先に正直に書いておくと、自分が野良猫をはねて、そのまま通り過ぎてしまったことも何度かある。そんな時もきっと誰かが片付けてくれたのだろう、次にその道を通る時は何事もなかったように綺麗になっていた。

その誰かが自分である。これは自分の番がきたかもしれない……。

そう思った時はなるべく片付けるようにしている。そう思った時というのは、つまり手袋あるいは新聞なんかを持っていて、その上あまり急いでいない時だ。

この日はまさにそんな日だった。

死骸に近づいていくと、それは思った通り狸だった。死んでからまだほとんど時間が経っていないようで、口からはみ出ている舌は乾いておらず、濡れていた。さすがに素手で触るのは気が引けるので新聞紙を一枚かけてから抱えてやった。新聞紙越しに狸の体温が伝わってくる。本当についさっき死んだばかりなのだ。体はまだ温かく、柔らかだったが、やはりなんの匂いもしなかった。

この狸を食べる人はいるだろうか？

狸が永眠することになる穴を掘りながら、妙な考えが一瞬頭に浮かぶ。

もちろん現代の日本にそんな人はいないだろう。だがほんの少し時代を遡れば、この狸はご馳走であったはずだ。死んだばかりだ。ある意味フレッシュだ。昔話でもよく出てくるじゃないか。もしも僕が登場人物のおじいさんであったなら、このまま家に持ち帰り、包丁を研ぐ。

そして丁寧に皮を剝《は》ぎ取り、内臓を取り出す。それからおばあさんと一緒に温かい鍋を囲んでいたはずだ。

前に一度、わな猟をやっている友人から丁寧に捌《さば》かれた猪の肉と一緒に、大きな骨をもらったことがある。骨もおいしいスープになるからぜひ試してほしいとのことだった。

ちょうど冬だったから、薪ストーブの上に大きな鍋を置いて三日間ほど煮込んだ。煮込んでいることをすっかり忘れて家に帰ってきて玄関を開けると、中からご飯の炊けるようないい香りが漂ってくる。あれ？　炊飯器のスイッチ入れてないよね？　妻と顔を見合わせる。

僕らはその時、初めて知った。猪の骨のスープはご飯が炊き上がるようないい香りがするということを。

この話をすると、都会で暮らす親や兄弟は眉をひそめたが、それは本当になんともいい香りだった。そのスープで作った中華粥はまさに絶品だった。

あの日から今に至るまで、猪を見かけるたびに、中華粥の鍋がヒョコヒョコ歩いていると想像してしまう。

僕は獣《けもの》にとどめを刺すことはできないから猟をすることは今後もないだろう。魚の首を落とすのが精一杯で、鶏の首すら絞められそうにない。もしも本当に食べるものが無いほどに飢えていたら、きっと話は変わるのだろうが、今のところ近所の友人と肉屋さん頼りである。

これまでたくさんの動物の死骸を見てきた。それは職業柄、日常的に農道を走り回っているから普通より遭遇する可能性が高いためだろう。

印象に残っている出来事が一つある。

その日、僕はいつものように軽トラックで農道を走っていた。まだ開業したばかりの頃だったので、蜜蜂の巣箱を置くための新しい場所を探しては、島の中を毎日隈無《くまな》く走り回っていた。

僕は滅多に人の通らない山奥の農道で、一匹の動物の死骸に出くわした。

その時、その死体がなんであるのか、僕には判別できなかった。死んでからの時間が経ちすぎていて、骨と皮だけになっていた。猪なのか、犬なのか、それすらもわからなかった。

誰も通らない場所なだけに、これは自分の番だなと感じた僕は、穴を掘って土に埋めてやった。

その日の晩のことだ。すごく風の強い日だった。

僕は夜中にはっと目を覚ました。建てつけの悪い窓が風でガタガタと揺れていたこともあったが、外から何か動物の気配がした。妻も目を覚ました。

気配の主は窓のすぐ向こう側にいる。僕らの布団の目と鼻の先だ。

「クゥーン、クゥーン」

どこか甘えるような犬の鳴き声だった。

なんだ野良犬か。

普通ならそう思うかもしれないが、僕らはそう思わなかった。なぜならこのあたりで野良犬を見たことは一度もなかったし、犬を飼っている人にも、散歩で連れられる犬にも出くわしたことはまったくなかったのだ。

僕の背中は少し冷たくなっていたと思う。

犬は鳴きやむことなく、甘い声を出し続けている。

とうとう妻は手を伸ばし、カーテンを開けようとしたが、僕はそれを静かに制した。

窓の向こうにいるのは、日中埋めてあげた動物にちがいない、そう思えてならなかった。あれはきっと犬の死骸だったのだ。もしカーテンを開けたら、骨と皮だけの犬が失くした目玉でじっとこちらを見ているんじゃないか、僕は本気でそう思った。

甘い声を出していたそれは、数分の間、窓の外にいたが、こちらがなんの反応もしなかったからか、しばらくするとゆっくりとした足取りで去っていった。


あれはただの偶然だったのだろうか。

島に住んで十一年になるが、いまだに野良犬を見たことは一度もない。あの日の夜に限って野良犬が家まで訪ねてくるなんて、そんな不思議なことがあるだろうか。

もしもあの時カーテンを開けていたらどうだったろう。

何かもっと特別なことが起こったのだろうか。

右の手、左の手

何もない土地に、妻と二人で座っている。

更地とはこういうことを言うのだろう。この場所から見えているのは海、浜辺、椰《や》子《し》の木、それに朝日くらいのものだ。

誰も歩いていないのが不思議になるほど綺麗な浜辺を見渡しながら、僕らは石垣に腰掛けている。その石垣はいつ造られたのかわからないくらい古い代物だが、丁寧に積み上げられた石たちは今も崩れる心配などまるでなさそうだ。

この場所をどうしていこう。どんなふうに未来に残したらいいだろう。

僕らはそんな話をしていた。

散歩がてら、以前からよく訪れていた大好きなその場所を、縁あって本当に自分たちが管理していくことになったのだ。夢が今まさに現実に変わろうとしていた。

半年に一度ミシマ社が発刊している雑誌『ちゃぶ台』で、「共有地」を取りあげるという。代表であり編集長の三島さんから連絡があったのもちょうどその頃だ。

「共有地」

その言葉に何かピンとくるものがあった。

僕と妻がよく話していたのは、そこを公園のような場所にしていけないだろうかということだったからだ。

「共」という漢字の語源を古くまでたどっていくと、左右の手で器を持つ形を表すのことだ。それもただの器ではない、神に供える礼器だ。

そこから転じて、ともにする、そなえるという意味が生まれていったとか。

これは日本を代表する漢文学者の白川静氏による考察だが、僕はこれを読みながら、かつて登った富士山の記憶がなぜか頭の中に蘇った。

山登りなどまったくと言っていいほど挑戦したことのない僕だが、友人の口車に乗せられ一度だけ富士山を登ったことがある。初めてのまともな登山が富士山。しかも友人の中に経験者は誰もいない。僕らはズブの素人である自分たちの浅はかさを思い知ることになる。

僕らは夕方から登り始め、山頂を目指し、朝日を拝んで帰ってくるという、早い話が徹夜で登山という最も困難な選択をしていた。なぜだかわからないが、そう決まってしまった。

「なんとかなるっしょ。いけるっしょ」

集合した男五人は何度もこの言葉を阿呆のように繰り返していた。登る前の緊張もあったのだろう、僕らは奇妙な興奮に包まれていた。

いざ登り始めると、当初思っていた爽やかな山登りのイメージは一変した。まず何より景色が悪い。夏であるにもかかわらず、青々とした草などはどこにも見あたらない。文字通り、草一本ない岩山だった。殺風景な岩山を登り続ける大勢の人たちの険しい顔はまるで地獄を思わせた。履いてきた靴も悪かった。いったいなぜ僕はスニーカーを履いてきてしまったんだ。砂利で滑って登りづらいこと、この上ない。周りを見てみれば、どの登山客も立派な靴を履いているじゃないか。このスニーカーは下山の途中で壊れることになるのだが、登っている僕はまだそのことを知らない。

なんのために登っているんだ。何が楽しいんだ。登り始めたことを途中で何度も後悔していた。誘ってきた友人を恨めしく思う気持ちが徐々に募っていく。「引き返す」というワードが頭の中を何度もチラついたが、それまで登った分が水の泡になるのも、友人たちに根性無しと思われるのも、それはそれで悔しい気がした。やがて夜がやってきた。真夏だというのに、標高が上がるにつれてどんどん寒くなり、上着を重ねていった。

僕らは途中の山小屋で、カレーを食べた。山で食べるカレーは格別だというが、大した記憶も残っていないことを考えるとそれほどうまいわけではなかったのだろう。それよりも気になったのは宿泊者である。山小屋の奥には大勢の登山客が横になって休んでいた。もっとはるかに早い時間に到着し、みんなしっかりと休息をとっている。そんな手があったとは。はっきり言って羨ましかった。そちらの部屋をただただ羨望の眼差しで僕は見ていた。狭くてもいい。知らないおじさんの髭面が目の前にあってもいい。あったかいところで横になりたい。なぜあっちのプランにしなかったのか。

僕らはおそらく全員が同じことを思ったが、誰一人口には出さなかった。自分たちの愚かさを呪っても遅かった。休む場所もなければ金もない。若さと体力だけを持つ男五人は後ろ髪を引かれながら、再び暗い夜の山へと出ていった。

　山小屋を出てすぐのことだ。再び登り始めた僕らはとてつもなく大きな流れ星を見た。流れていく音が聞こえるんじゃないかと思うほどに大きな星だった。僕らの少し前を登っているグループがいるのだろう、前方の暗闇からも大きな歓声が上がった。山小屋の中で眠っていたら見ることはできなかったのだと思うと、この無茶な登山計画もそんなに悪いものではないように思えてきた。

　いよいよ迫ってきた頂上付近で、杖をついて登るおばあさんの姿があった。それもかなり高齢の方だ。連れ合いの方に支えられながらも、大きく肩で息をしている。いったい何がこの人をここまで衝《つ》き動かしているのか。必死に山頂を目指すその姿が今も胸に焼きついている。

　そしてついにたどり着いた山頂。大勢の人が朝日が昇ってくるのを今か今かと待っていた。

空はもうすでに白んでいる。真夏だというのに、山頂の空気は真冬のそれよりも冷たかった。

青白い空から赤色へと徐々に変わっていく。真っ赤な太陽が少しずつその姿を見せ始めた。

気がつくと僕は手を合わせていた。右手と左手をぴったりと合わせて朝日を拝んでいた。僕だけではなかった。周りを見渡すと、山頂にいた大勢の人は誰もが手を合わせて朝日に向かっていた。先ほどの杖をついていたおばあさんも、手を合わせ一心に何かを祈っている。知りもしないたくさんの誰かと、一緒になって手を合わせたのはあれが初めてのことだったと思う。

「共」という漢字が表すとされる右手と左手。

これを書きながら今ふと思ったのだが、あれはもしかしたら誰か別の人の手なんじゃないだろうか。

誰かと一緒に一つの器を持ち、神に供える。そこに他者の存在があってこそ初めて「共にする」ということになるんじゃないだろうか。

話を一番最初へと戻そう。

僕らは夫婦で広大な土地を前にして石垣に腰掛けている。凪いでいる海から聞こえてくる波の音はごく僅かだ。

未来、この場所はどうあってほしい？

僕のこの質問に対する妻の答えはこうだった。

「風の谷……みたいな場所かな」

これはもちろん宮崎駿監督の映画「風の谷のナウシカ」のことだろう。

多くの人がご存知の通り、映画の舞台は未来の地球だ。

戦争によって文明が滅んだ後の世界では、人類が撒《ま》き散らした毒を浄化するために腐海《ふかい》の森が生まれていた。森の放つ瘴気《しょうき》と呼ばれる毒ガスのために人類はマスクなしでは生活できない。風の谷は海からの風によって守られ、平和な暮らしが続いているが、世界ではいまだに戦争は絶えない。

旅人は言う、「この谷はいい。いつきても心が和む。なぜみんなこの谷のように暮らせんのだ」と。

主人公ナウシカは蟲《むし》の声を聞き取り、意思疎通する力を持っている。やがてその力は周囲を巻き込み、戦争を止めるほどに大きなものへと変わっていく。

この映画が制作されたのは八〇年代だが、今思い返してみても、まさに現代とリンクするところばかりで驚いてしまう。

コロナウイルスによってマスクを手放せなくなったこともそうだが、ロシアがウクライナに侵攻を始めたこともそうだ。ウクライナの原子力発電所にミサイルが撃ち込まれたという、およそ正気とは思えないようなニュースが聞こえてきたのはつい十日ほど前のことだ。

人類が始まって以来、戦争がなくなった例《ため》しはない。この地上でそれを実現するのは不可能だ。そんなのはただの綺麗事だ。と言う人もいるだろう。

確かにそうかもしれない。だけど、僕らは試されている。

圧倒的な他者と、その掌《てのひら》を合わせることができるだろうか。

生まれた場所も、年齢も、性別も、考え方も、宗教も、あらゆる面で違う他者と一緒に手を合わせることができるだろうか。

すべての差別を乗り越えて、共に祈ることはできるだろうか。

今一番求められているのはそういうことかもしれない。

この綺麗事を現実へと変えていかなければ、未来はきっとひどく陰鬱なものになってしまう。

大切な話し合いは会議室などではなく、どこか風の吹き抜ける自然の中でやってみてはどうだろう。朝日を望める砂浜もいいかもしれない。

僕らがこれから管理していくこの土地も、いつまでも風通しのよい開かれた場所として残していきたい。

実は僕らはこの広い土地の一角に、蜜蜂のミュージアムを建てようと計画している。

蜜蜂は社会性昆虫と呼ばれる生き物だ。耳慣れない言葉だろうが、これは独自の社会を形成し、集団で暮らしている昆虫のことだ。彼らは人間とは違う別の社会を持って暮らしている。そして何よりも重要なことは蜂たちが僕ら人間の大先輩であるということだ。彼らは人類が生まれるよりもはるか前からこの星に暮らし、そしてさまざまな進化を遂げて生き延びてきた。

小さな虫の声に耳を澄ますことができる場所。

気持ちのいい風がいつも吹き抜けていく場所。

誰が訪れても、そこにある海が受け入れてくれ、自分の中に何かを見つけることができる場所。

できることならそんな場所をつくりたいと思う。

さて、少し大きすぎる風呂敷を広げてしまったが、翻《ひるがえ》って足元である。

目の前の最初にして最大の他者である妻。まずはこの人ときちんと掌を合わすところから始めなくてはならない。

なにしろつい先日も、飲みすぎの二日酔いできついお灸を何個も据えられたばかりである。

ちなみに蜜蜂の世界ではオスの立場はとても弱い。交尾が終わるその瞬間に、オスは死ぬ。それもただ死ぬのではない。性器がポンっと音を立ててもげて、死ぬらしい。

人間に生まれて本当によかった。

うちは二人の子供を授かったが、幸いにも僕の股間は今のところまだ無事である。

ホセとおじさんと青年

人と人はめぐりあう。

偶然の出会い。

一期一会とはよく言ったもので、一生のうちにその瞬間にだけ出会う人がいる。

この日もそうだった。

珍しく仕事で街へ出て、ホテルに泊まっていた。最上階には夜景を一望できる眺めのいいバーがあったので、普段飲むことのなさそうなウイスキーで一杯やることにした。

酔いが回り始めた頃に、近くから声が聞こえてきた。

「ハァー、ヨッパライナッタヨ」

誰に言うでもなく、そう呟《つぶや》いたのは隣のテーブルに座っていた男性。鼻の下に立派な白い髭を蓄えた初老の外国人だ。

その言葉のイントネーションはどこかしらお茶目な感じがあり、ついこちらも笑顔になってしまった。

気づいたら僕は話しかけていた。

日本語お上手ですね。どちらの出身ですか？

彼は「ドコダトオモウ？」と逆に質問してきた。

僕にはまるで見当がつかなかった。英語圏の人ではなさそうだったことと、どことなくエキゾチックな風態からイラン？　と当てずっぽうで言うと、

「ソレ、タマニイワレルヨ」と言って笑った。

彼の名前はホセ。メキシコ人だ。日本人の奥さんと、三人の子供がいて、日本にもう三十五年も暮らしているという。家族とメキシコに暮らしたこともあったそうだが、奥さんが馴染めなかったとか。彼はとてもおしゃべりで、たくさんの話をしてくれた。

ＩＴの仕事をしているが、最近はそれほど仕事がないこと。こうして全国のあちこちに時おり、仕事で出かけること。いろいろな映画やミュージックビデオにエキスト

ラで参加してきたこと。星野源のビデオにも出たこと。踊りが得意なこと。英語と日本語を織り交ぜながら話してくれたが、感情的になるとスペイン語が飛び出す。それは主に料理の話の時だった。

メキシコ料理。

それがどんな料理でどれほどおいしいものなのか、彼は身振り手振りで話してくれた。

中でも印象に残ったのはバルバッコアという料理だ。

それはなんでも土の中で作る料理だという。土の中に穴を掘り、炭を起こす。その穴の中に大きな蒸し器を置き、塩とオレンジでマリネした子羊の肉を入れる。その一切を無駄にせず、子羊のすべてを使う。肉を入れたら、独特の苦味を持つマゲイという大きな葉っぱで蓋をし、さらにその上から土で蓋をして、八時間もの間待つという。再び土を掘り、蓋を外していくとあたりに蒸気が昇り始める。それはなんとも言えない素晴らしい香りだ。

目を瞑って話すホセ。今、彼は魔法に包まれている。瞼《まぶた》の裏には郷土の料理が映し出され、すぐ鼻先にはバルバッコアがある。鼻から大きな息を吸って、バルバッコアの香りを嗅ぎ、そして吐き出した。

それってそんなにおいしいの？

僕の質問がまったくの愚問であると言いたげに、彼は片手でその場の空気を勢いよく払い落とした。

「オイシイナンテモンジャナイヨ。モノスゴ。モノスゴオイシイ」

ホセは目を見開いてそう言った。

彼の料理への情熱的な話はそれからバーの閉店時間を過ぎても続いた。店の奥のほうからだんだんと電気が消され、バーテンダーのみなさんから、「まだ話すのかよ」という無言の圧力が滲み出ても彼は構わず話し続けた。

翌朝、フロントでチェックアウトしていると、よほど縁があるのだろう、再びホセと一緒になった。

仕事はもう済んだから、これから宮島を観光してから帰るのだという。肌着の上に直接リュックサックを背負い、日除けの帽子を被る彼は、今日はヨッパライではなく、冒険家スタイルだ。肌着からは彼のぷっくりと出たお腹がはみ出しそうだったが、そこから彼の愛嬌も一緒に滲んでいた。ホセと僕は笑顔で握手をして別れた。

縁とは不思議なものだ。

たとえ一度しか会うことのない人だとしても、そこにはやはり磁石のように何かひきつけあう力がある。

こう書いてみて、仏教の言葉を思い出した。

「袖振り合うも他生《たしょう》の縁」

多少ではなく、他生だ。つまり輪廻《りんね》転生でいうところの前世。

今日一緒に食事をする人。

今日挨拶を交わした人。

あるいは今日すれ違うだけの人。

その人たちはみんな、もしかしたらどこかの前世でつながりを持った人なのかもしれない。

偶然の出会いを必ず引き起こす最たる例は、ヒッチハイクだろう。

僕は今までにヒッチハイクをする機会は一度もなかったが、車に乗せてあげたことは二度ある。そのどちらも高速道路での出来事だった。

あれは確か琵琶湖付近のサービスエリアだったと思う。

トイレ休憩を済ませてから、車までの道を歩いていると、一人のおじさんが話しかけてきた。

「あのぉ……すいません、ちょっと財布を落としてしまって困ってるんですが、どこかその辺まで乗っけてくれないでしょうか」

力なくそう話すおじさんの口から見える歯は何本もなかった。そのせいだろうか、角度が変わると急におじいさんのようにも見えた。

どこまで行きたいんですか？

「東京方面ならどこでもいいんです」

東京まで行きますよ。乗っていきますか？

「本当ですか⁉」

きっとすでに多くの人に断られたんだろう。諦め半分の細かった目が急に開かれ大きくなった。

断られるのも無理はない。正直言っておじさんの髪はボサボサで、服も薄汚れていた。時と場所によっては、ホームレスとすら疑われてしまうだろう。

助けてあげようなんて気持ちはそれほどなかったが、こちらとしても東京までまだあと半分、六時間もあるのに、すっかり運転に飽きてしまっていたから話し相手が欲しかったのだ。

一緒に車へ向かうおじさんの足取りはとても軽く、ほとんどスキップしているようにすら見えた。どうやら悪い人ではなさそうだ。

おじさんが車に乗り込んでから、静かだった車内の空気は一変した。

ありがたいことに彼はとんでもなくおしゃべりだったのである。

「昨日からいたんですよあそこに。いやあよかったなあ、本当よかったなあ。危うくもう一泊野宿するとこでしたよ。本当ありがとうございますねえ」

「アタシ？　アタシは鹿児島です。鹿児島から東京へ向かってたんですがね、気づいたら財布がなくてねえ……いやあ参った参った参りましたよ。本当ありがとうございいますねえ」

「周防大島？　瀬戸内海の？　それはまた最高な場所に住んでますねえ。釣り人が集まるとこじゃないですか。あの辺は釣れるでしょう？　え？　釣りやらない？　なんでまた？　それはもったいないなあ。いや絶対やったほうがいいですよ。そんないいとこに暮らしてて、やらない手はないですよ。最高の場所じゃないですか。タコもいるでしょう。楽しいですよタコ釣りは。え？　釣れますよもちろん。蛸壺《たこつぼ》じゃなくて、釣り。簡単なもんですよ。イカじゃなくてタコです。まあ確かにイカもいいですがね。アタシはタコのほうが好きです。ボートみたいなのがあればいいんですよ。あれで少し沖に出る。楽しいですよお。釣りやらない？　絶対やったほうがいいんですがねえ」

「養蜂？　蜜蜂？　はあ、なんとも変わったお仕事ですねえ。そうだなあ、そういう仕事もいいなあ、よかったかもなあ。アタシ？　アタシは石を積んで生きてきました。そうです。石積み。面白いもんですよ。そうそう石垣とか。あるでしょうそちらにも？　私は上手に積みますよお。まあ小さいのは手でもできますがね。難しいのはこんなでっかい岩を積んでいく時ですよ。そうです。こっちも大きなユンボに乗ってね、でかいやつを積んでいくんですよ。これが面白いんです。そうそう、自分で足場を造りながら上っていくんです。コツ？　……うーん、そうですねえやっぱり石を見極めないとダメですねえ。みんな違う石だから。おんなじように見えても、みんな違う石だから。……そうだ。なんなら今度行きますよ。車に乗せてくれたお礼に。石積むとこあったらアタシにやらせてください。呼んでください。うまいもんですよ」

おじさんのおかげで東京までの道中は退屈することはなかった。おじさんはしゃべり続けた。僕はすっかり聞く側で、大して質問しないまままずっと話をし続けてくれた。それはまるで僕だけのための生放送ラジオのようで眠くなることもなかった。

僕たちが出会った琵琶湖のサービスエリアまで、誰か別の人の車にヒッチハイクで乗せてもらったと話してくれた時に、やっぱりこの人は初めから財布なんて落としていないんだろうなあと思ったが、それは最後まで聞かないことにした。

僕らのドライブは順調に終わりを迎えた。

おじさんは誰か友人を頼って電車で行くというので、僕の目的地近くの小田急線の駅で下ろすことにした。

しかし何しろ彼には財布がない。

僕は財布から幾許《いくばく》かのお金と連絡先を出して彼に渡した。

おじさんはそのお金を両手で握りしめるように受け取り、頭を下げて合掌した。

涙ぐんだ目で、

「必ずこのお金はお返しします。本当に会えてよかったです」

と言った。僕はこのお金が返ってくることはたぶんないだろうと思ったが、それでも構わなかった。僕は彼に感謝していた。一緒に過ごした六時間余りの道中、彼の生放送のおかげで眠ることもなく無事に着いたのだから。

駅の改札口へと向かうおじさんの後ろ姿は、さっきまで話していた時よりずっと小さくなったように見えた。

先日、アメリカの作家ポール・オースターが編集した『ナショナル・ストーリー・プロジェクトⅡ』という本を読んだ。これはアメリカで実際にあった本当の話を一般の人たちから集めるというコンセプトで作られた本で、どれもとても面白いものだったが、一番印象に残ったのはあるヒッチハイカーを拾った男の話だった。

一人の男が親切にもあるヒッチハイカーを車に乗せるのだが、拾ってもらった男は実は悪人で、最初に自分を乗せた人間を銃で撃ち殺してやると心に決めている。自分の今までついていなかった人生に別れを告げて、車を奪って人生をやり直すのだと。そして実際にその恩人の頭を銃で撃つ。

この話の結末は奇跡的なもので、ぜひ一度読んでいただきたいからここでは書かないが、とにかく僕はこれを読んで、二度とヒッチハイカーを拾わないと心に刻み込んだ。

かつて僕が出会ったもう一人のヒッチハイカーは若者だ。

あれはたぶん愛知を少し過ぎたあたり、岐阜県だったのではないかと思う。東京での仕事を済ませた僕は一人で周防大島への帰り道を運転していた。

眠気覚ましにコーヒーを買うため、大きめのサービスエリアに入った。

コーヒーを片手に車に戻ろうと外の道へ歩き出した時、視界にプラカードを持つ青年が目に入った。メガネをかけた二十代前半の痩せた若者で、どことなく元気はなさ

そうに見えた。彼の手にした大きめの紙には、

「福岡」

と書いてあった。

周防大島は、山口県だ。

言うまでもないが山口といえば福岡のすぐ隣の県だ。そしてここは岐阜県。福岡はまだまだはるか彼方だ。

考えながらも歩き続け、彼の前を黙って静かに通り過ぎた。

……僕っぽいなあ。

この福岡と大きく書かれた紙は、どうやら僕宛の手紙っぽい。なぜと問われても答えられないが、そう感じてしまった僕は引き返し、彼に話しかけた。

山口行くけど乗ってく?

「本当ですか!? ぜひお願いします!」

青年は元気な声で威勢よく返事をした。

まさに青年という言葉がぴったりの彼は、丸いメガネをかけており青白い肌をして

いた。おそらく外で働いたことはないのだろう。アルバイトをするならカフェか本屋さんがよく似合いそうだ。彼は、ひと昔前の外国人が日本人と言われて思い浮かべそうな、痩せた真面目な雰囲気を身に纏っていた。

僕はいつか拾ったおじさんを思い出しながら、これで帰りの道中も楽しく過ごせるにちがいないと思ったが、青年はおじさんとはまるで違っていた。

車に乗ってから、彼はあまりしゃべらなかった。挨拶もそこそこに済ますと、ずっと黙りこくっている。

なんだか辛気《しんき》臭い。これだったらカーラジオのほうがよかったかなあ、などと思ってふと彼の顔を覗き見ると、彼は泣いていた。曇ったメガネのレンズから涙をぼたぼた流していた。

僕は驚いて、ハンドルを握っていた手に思わず力が入った。

……ど、どうしたの?

彼は答えない。

……なんかあったのかな? 話してみたら? 聞いてあげるよ? なにしろ時間は

たっぷりあるよ。軽く六時間くらいあるから（笑）。

やっぱり青年は答えない。

車中の空気がどんどんと重たいものになっていく。山口まではまだまだかかる。どうする？　すでに運転に疲れているというのに、こんな空気じゃ十分ともちそうにない。こっちがへばってしまうぞ。いっそのこともう一度その辺に降ろしちゃう？　いやいや待て。ダメだ。それはできない。こっちが泣かしたみたいじゃないか。もう乗りかかった船だ。

それから僕は話した。重たい空気を変えようと思いつくままに話しまくった。

自分がなぜ周防大島に向かっているのかという話。

震災をきっかけに都会から移住したという話。

養蜂という仕事の話。

島での暮らしの話。

周防大島の人がいかに魅力的であるかという話。

島の年寄りがいかに逞《たくま》しいかという話。

生まれたばかりの赤ん坊を育てるのが大変だという話。

君と同じくらいの年頃には自分も悩んでいたという話。

旅をした話。

出会って助けてくれた人の話。

あまり反応しないので、ちゃんと聞いているのかわからなかったが、僕はとにかく話した。

青年はずっと静かだった。

しばらくすると彼は話し始めた。堰《せき》を切って溢れ出る水のように話し始めた。

中国の大学へ留学していた話。

向こうで仲間と一緒に音楽をやって歌っていた話。

人前で音楽を演奏することに興奮をした話。

作詞家の松本隆が好きだという話。

好きな女の子がいた話。

自分が大学を中退してしまった話。

日本に帰ってからの日々が苦しいという話。

自分の父親が地元では有名な会社の経営者だという話。

何もやっていない自分を責めるように、自衛隊へ入ることを勧めてくる父親の話。

自分は自衛隊には入りたくないと思っているという話。

目的地の福岡には友達がいるという話。

そこへ行って友達と会いさえすれば、何かが変わる気がしているという話。

青年は話しながら、ところどころでたくさんの涙を流した。

メガネをとって、何度も涙を拭《ぬぐ》っていた。

僕は相槌を打ちながら、ただ静かに彼の話を聞いていた。

結局、僕たちは山口県ではなく広島県の宮島サービスエリアで別れた。

僕が降りる出口の前で一番大きいサービスエリアがそこで、次の車を拾うには好都合だろうと思ったからだ。

別れ際の青年はとても元気がよかった。涙はすっかり乾いていた。

「福岡へ行ってきます！」

彼の声には、さっきまでなかった力強さがあった。

あれから十年ほどの歳月が流れている。

青年が今どこで何をしているのか知る由もないが、きっと元気にしているのだろう。

そうであるといいなと思う。

彼が好きだと言った松本隆の書いた歌を鼻歌で歌いながら、どこかの街角を歩いているかもしれない。

はじまりの言葉

僕は周防大島に移住する前の四年間を農園で働いて過ごした。

神奈川と東京の境に残された広大な里山の中にある農園である。

「そんなところに畑があるんかの？」

この話を周防大島ですると、みんな同じような言葉を返す。

その農園はまるで隠れ里のように奥まったところにあり、すり鉢みたいな地形になっていた。すり鉢の中心に母家があって、その周りをなだらかな丘の畑が包み込むように囲んでいた。大きな桜の木も何本もあって、春になればまるで桃源郷に迷い込んでしまったかと錯覚するほどにたくさんの花を咲かせた。

何より魅力的だったのは農園主のIさんだ。いつも優しくて、一度たりとも怒られたことがない。というか、怒っているところを一度も見たことがない。いつでも笑っていて、隙《すき》を見てはダジャレや面白いことを言って話しかけてくる最高の先生だった。

ある時、Ｉさんがふと言った一言を今も思い出す。

「内田くん、野菜は裏切らないから。自分のかけた気持ちを返してくれるんだよ。自分のかけた気持ちが大きければ大きく返ってくる。思いが小さければ、小さくしか返ってこないよ」

当時の僕は、この言葉をほとんど受け止めることができなかった。馬の耳になんとやらである。

だけど自分で養蜂業を開業して十年が過ぎ去り、最近になってよくこの言葉を思い出す。

いい年もあれば悪い年もあったが、間違いないのは自分の心が離れている時、思いをかけていない時、決していい作物は育たない。

僕の場合は蜜蜂だが、育てている蜜蜂へかける気持ちが弱ければ、いい結果は決して返ってこない。

そうだ、あの時の言葉は真実だったんだ。そう思うようになった。

僕は二十四歳からの四年間をこのIさんのもとで過ごした。

もう十五年も前のことだが、はっきりと言える。それはとても幸せな日々だった。なんと形容すればいいのだろう。それは「確かな日々」だったと思う。体と心が一致する日々。たった今自分が流している汗が、どんな意味を持っているのか。一つひとつの細かな作業の先に何が待っているのか。自分の腹の中でストンと納得できる、迷いのない毎日だった。


種を蒔《ま》き、苗を育てる。

朝と夕方の水やりが大切だ。

草を刈り、畑を耕す。

最初はまったくうまく使えなかった鍬《くわ》や鎌《かま》も、だんだんと手に馴染み、体が覚えていく。

作付けの準備には堆肥《たいひ》を撒くことも欠かせない。この農園では、牛糞《ぎゅうふん》にコーヒーの残滓《ざんし》を混ぜた特別な堆肥を近所の牧場から譲ってもらって使っていた。堆肥置き場のブルーシートを剥がすと、湯気が立ち昇る。よく発酵していて、まったく臭みはない。それどころか、土のような仄《ほの》かないい香りがあたり一面を覆う。手を当てると、まるで布団の中のような温もりが伝わってくる。スコップで堆肥を移していくと、中からはカブトムシの幼虫が山ほど出てくる。目には見えないさまざまな菌たちが堆肥の中で活き活きとしているのを感じる。

雑草を抑えるシートを張るのも大切な作業だ。これ一つで、どれほど後が楽になることか。

苗を植える時も、種を蒔く時も、ただひたすらに同じ作業の繰り返しだ。ポットから苗を取り出し、土に穴を開け、植える。苗を取り出し、土に穴を開け、植える。顔を上げて、長い長い畝《うね》の先を見るとゴールははるか彼方、向こう側である。疲れた、もう帰りたい。まだこんなにあるの？　とても今日じゃ終わりそうにない。絶対無理だよ。

でも、土に膝をついて作業をただただ繰り返していると、そうした気持ちもだんだんと静かに消えていく。土の感触、土の香り。虫の声。鳥の声。時おり、吹き抜けていく気持ちのいい風。

ある瞬間、時間が止まったかのように感じる。額から頬《ほほ》へと伝っていく汗が一滴、土の上にスローモーションのように落ちていく。

ああ、そうか。こうやって僕は生きてきたんだな。

農業などまるでやったこともなかったはずなのに、体の中のどこかがそんなふうに言った気がした。


自分で育てたものを自分で食べる。これはたぶんやったことがある人にしかわからないだろうが、想像以上の衝撃がある。

たとえばトマト。頬張り、汁が溢れ出す。目を閉じずにはいられない。農園の中のどの畑でどうやって育ったのか。その横で自分は何をしていたのかがフラッシュバックする。

あの日降っていた雨。跳ねたアオガエル。驚くほどゆっくりと進んでいたカタツムリ。堆肥をもらいに行った時に見た、静かな目をした牛の姿が頭をよぎる。堆肥の中にいたカブトムシは今やすっかり大きくなって空を舞っている。苗を植えたあの日に吹いた気持ちのいい風が再び頬を撫でていく。

祖父や祖母も、曾祖父や曾祖母もこんなふうに野菜を食べたのだろうか。

なんてうまいんだ。

これはもしかしたらこの世で一番贅沢な食の形かもしれない。

ところで、Iさんは一つの作物を大量に作る、いわゆる単作の農家ではなかった。Iさん本人は「よろずや農家」なんて言っていたが、一年を通してありとあらゆる農作物を作っていた。

きゅうり、なす、ピーマン、トマト、かぼちゃ、ズッキーニ、ほうれん草、小松菜、にんじん、のらぼう菜、ツルムラサキ、モロヘイヤ、レタス、キャベツ、白菜、大根、長ねぎ、玉ねぎ、ジャガイモ、サツマイモ、里芋、枝豆。みかん、梨、葡萄《ぶどう》、ブルーベリー、梅。

思い出せないものがまだまだたくさんありそうだが、これらすべてが季節によって移り変わりながら、二町歩（約六〇〇〇坪）ほどの畑で生産されていた。さらにこれ以外に、田んぼで米も作っていた。それと竹林だ。春先にはいつも筍《たけのこ》の収穫があった。これがなにしろ難しい。まず見つけることができない。相手は枯《か》れた笹の葉という毛布の下に隠れている。土から数センチ頭が出ていれば、僕程度でもなんとかわかるのだが、一センチ以下となるとなかなか見つけることができない。

底の薄い足袋を履いていても、まったく気がつかずに素通りしてしまう。

その点、子供の頃から掘り慣れているIさんは決して通り過ぎない。足の裏に目玉でもついているのか、ほんの僅かしか地表に出ていなくても素早く見つけ、あっという間に掘り上げてしまう。同じ三十分の作業でも掘り上げる量はいつだって敵《かな》わなかった。

ある時、葡萄が獣によってたくさん食べられてしまうという事件が起こった。

葡萄は木の上で紙の袋に包まれているのだが、地面の上に皮だけがいくつも落ちている。葡萄の軸《じく》は木についたままだし、紙の袋もそのままかぶさっているから、パッと見ただけではまったく気がつかない。紙を破り、木の上で葡萄の実だけを綺麗に食べていく輩《やから》がいる。カラスや猪にはとてもできない芸当だ。人間が犯人なのではないかと思ったほど鮮やかに食べられていた。

その数日後に犯人は判明する。

葡萄畑のすぐ下で、古い蔵を片付けようとした時だ。長い間、開けていなかったという蔵の分厚い重い扉を開けると一匹の動物が床下から飛び出してきた。

その動きの素早いこと！　と、書くのが野生の獣らしくていいのだが、そいつはちっとも素早くなかった。むしろ驚くほどのろまだった。それは丸々と太ったハクビシンだった。メタボな体で走っていく。いや、歩いていく。その姿は散歩をしなくなったコーギーを思わせた。お前いったいどれだけ食いやがったんだ。

大切に育ててきた農作物を好き放題に食べてきた罰を受けよ。近くにあった石を太ったハクビシンに豪速球で投げつけ、まず気絶させる。それから首の骨をへし折る、あるいは頸動脈《けいどうみゃく》を切るなどしてトドメを刺す。それから高いところへくくりつけ死体を晒《さら》す。お前ら二度と来るなよ。そうしたメッセージを動物界へ送りつけてやるというのが、農家のあるべき姿かもしれない。

しかし僕らはそうしなかった。というかできなかった。

逃げていくハクビシンの後ろ姿。

短い足の上で、大きく太った尻が上下にゆさゆさと小気味《こきみ》よく揺れている。その間抜けさに笑わないではいられなかった。

その後、こういうことがもう起こらないようにと、蔵の中をきちんと片付けていると、さらに驚くべきことにハクビシンの死体が出てきた。それも二匹だ。

両親だろうか。死んでから、かなりの時間が経過していた。

どうやら知らぬ間に、何世代か前から農園で共存していたということらしい。

盗み食いだけで生きるとは、なんと怠惰な野生だろうか。


こうして振り返っていくと、農園生活で辛かった記憶はほとんどないが、一つだけ忘れられないことがある。それはある秋の出来事。

田んぼでは、たわわに実った稲穂が金色《こんじき》の頭《こうべ》を垂《た》れていた。いよいよ収穫だというまさにその時に突然大きな台風が襲来、たった一晩で稲穂を薙《な》ぎ倒していった。

次の日の朝早くに農園に駆けつけると、田んぼは見るも無惨《むざん》な姿になっていた。立派に立ち上がっていた稲は、まるで巨人に踏み潰されたかのように地面に寝そべっている。

田んぼのそばで倒れた稲を見ているIさん。その横顔を今もはっきりと思い出すことができる。そこにあったのは悔しさではなく、静けさだった。

「手でやろうか」と彼は言った。

多くの方がご存知の通り、稲の収穫は通常であれば機械を使う。だけどこの機械は稲が倒れているとうまく使えないのだ。

僕はその年初めて、手と鎌だけを使う稲刈りを体験した。

鎌で刈って、藁で束ねる。鎌で刈って、藁で束ねる。鎌で刈って、藁で束ねる。田んぼに這いつくばって、それをただひたすらに繰り返す。永遠に続くのではないかと思えるほど、終わりの見えない作業の中、僕は昔の人たちに思いを馳《は》せていた。機械のない時代はこんなにも大変だったのかと。家族や親戚総出で作業している姿を古い映画の中で見かけるのはこういうことだったんだと。二、三人ではとても歯が立たない。

ある段階で体が限界を超えた。腕も足もこれ以上はもう上がらない。それでも育ててきた米を無駄にしないためには、続けるほかなかった。

そこで心の奥底から湧いてきたのは台風に対するどうしようもない怒りだ。

作物は裏切らないのに、なんで天気が裏切んだよ！

頭の中の何かが切れた。僕の脳内は邪馬台国《やまたいこく》にタイムスリップした。

頼むよヒミコ。もう限界だよ。台風が憎いよ。消滅させてくれ。なんてことすんだよ。いやヒミコじゃなくてもいい。人間以外の何かと交信し、天気を操れるなら誰でもいい。頼むよ。お願いします。たっぷりと貢《みつ》ぎ物もしますんで。

ブツブツと頭の中の誰かと会話をしながら、僕はその年、身をもって農業の厳しさを体感した。

そしてそれと同時に、一つの疑問が解消することになる。

Iさんはときどき、神社へのお参りに連れていってくれた。大國魂《おおくにたま》神社という、日本の中でも歴史ある神社の一つで、農園からは車で十五分くらいだったと思う。お参りの日はいつもどこかのレストランで昼飯をご馳走になっていた。腹をすかした二十代の僕にとっては、「お参り」＝「レストランでうまいものが食える日」、だった。今日は神社行くよーと声をかけられれば、お、今日は何が食えるかな、くらいに思っていた。

だが壮絶な稲刈りを経験した後で僕の見え方は変わった。神社で手を合わせて祈るIさんの後ろ姿を見て、自分の中のどこかが深く納得していた。

Iさんは一六代目の農家だったが、きっと先代も、その前の方も、その前の前の方も、ずっとこうして祈り続けてきたんじゃないだろうか。

人間の力では決してコントロールすることのできない、たちうちできない大きな力に対して、たぶん人は祈ることしかできない。

はじめに言葉ありき。

これは聖書の言葉だと思うが、僕は不勉強だから本当の意味はよく知らない。

だけどもしも世界のはじまりに言葉があったとしたら、それはきっと祈りの言葉だったんじゃないだろうか。

僕もIさんの次に賽銭を投げ入れ、鐘を鳴らした。

そしてヒミコになったような気持ちで手を合わせ、祈った。

「どうかたくさんの作物が実りますように。そしてどうか、それを無事に収穫することができますように」

アダムとイブは食べ終わったりんごの種を蒔いただろうか。

りんごの木を育てながら、やはり彼らも祈っただろうか。

メメント森田さん

「お茶よばれんさい」

島暮らしをしていると、ときどきこうして言われることがある。

初めの頃はそれがなんのことだかわからなかったが、お茶を飲んでいきなさい、ということだ。

こう言われると島人は、「せっかくじゃけえ、よばれようかあ」と答える。

僕は方言を使いこなすことができないから、「いただいていきます！」と元気に答えることにしている。

誘われたらなるべく断らないのが、島暮らしを円滑にする心得の一つだ。

ある時やはりお茶をよばれた。

僕が借りている土地の地主である森田さんの家でのことだ。

森田さんは九十近くにもなる高齢者だが、彼女は元気に一人暮らしをしていた。

僕は用事があって訪ねたのだが、そこにはすでに別の近所のおばあちゃんが来ていて世間話をしていた。

二人とも、旦那さんに先立たれて独り身となった人だが、こうして何かにつけては集まって、楽しそうに話をしている。

ファミレスや喫茶店のない集落では、誰かの家でお茶をするのは日常の光景だ。この場合、土間のある家というのは、文字通り敷居が低い。なにしろ靴を脱ぐことなく、一緒にお茶を飲めるのだから。

この時なんの用事があったのかは忘れてしまったが、あれを食べんさい、これも食べんさい、僕の前に次々といろいろなお菓子が出てきてしまう。それは時として賞味期限のわからない骨董品《こっとうひん》のようなものである場合も多々あるが、断るのは田舎の流儀に反するので、なるべくたくさんいろんなものを頬張る。

おばあちゃんたちは健康や病気についての話題が多い。

森田さん「この前、病院の待合室で久しぶりに広本に会《お》うたんよ。元気そうじゃったわ」
友人「どこの広本？」
森田さん「あっこの由紀ちゃんよ」
友人「由紀ちゃん？　ありゃあこの前死んだじゃろう」
森田さん「うん？　何言うちょるん。この前会うたんじゃ。元気じゃったよ」
友人「広本の由紀ちゃんじゃろう？　死んだじゃ」
森田さん「死んでないっちゃ。会うたんじゃって」
友人「あんた、忘れたんか？　ちょっと前に葬式があったじゃろう」
森田さん「生きてるっちゃ！」
友人「死んだっちゃ！」
森田さん「病院で会うたんじゃって！」
友人「じゃけえその後よ、ほら、葬儀があったろう!?」
森田さん「……あー!!　そうじゃ死んだ死んだ！　死んだわ！　死んどったわ（笑）!!」

森田さんは、笑いながらテーブルをばんばん叩いた。

二人の笑い声がどっと土間に響きわたる。

僕は口にたっぷり入っていた愛媛の銘菓「母恵夢《ポエム》」を吹き出しそうになるのをやっとのことで堪えた。

他人の死でこんなに笑っていいのだろうか。

仲がいいとか悪いとかいう問題ではない。悲しいとか悲しくないとかいうことでもない。

つい笑い話になってしまうほどに、死が身近にあるのだろう。

それはこの世で唯一確かなことだ。

生あるものは死んでいく。それだけはどんな生き物も平等だ。

この笑っていた森田さんも、先日亡くなってしまった。

九十近い高齢だったが、彼女は誰にも頼らず、いつも鍬一本で畑を耕していた。

「あんたこれいらん？　持っていきんさい」

顔を合わすたびに、大根や人参やらほうれん草やえんどう豆など、何かしらの野菜を持たせてくれた。

いつだったか言っていたのを思い出す。

「自分のために作ってるんじゃないんよ。人にあげるために作っちょるんよ」

あれから森田さんの畑には少しずつ雑草が伸び始めている。

遺影に手を合わせた時よりも、主《あるじ》を失ってしまった畑を見るほうがなぜか悲しかった。

耳の中には森田さんの声が今も確かに残っている。

「そうじゃ！　死んだ！　死んどったわ（笑）!!」

森田さんは自分が死んだことにちゃんと気づいているだろうか。

気づいたら死んでいた。
僕もできることならそんなふうに死んでいきたい。
森田さんがついこの間まで立っていた畑を見ながらそう思った。

ペー君と茶碗

夏も終わりにさしかかった頃のある晩、我が家では宴が行われていた。古い友人であるペー君が東京から遊びに来ていたためだ。ペー君と会うのは二十年ぶりだったが、同じ映画学生として青春時代を過ごした記憶があるからなのか、つい昨日まで会っていたかのようにすぐに馴染んだ。当時は知る由もなかったが、ペー君は山口県出身で里帰りのついでに足を延ばしてくれたのだ。

何もそんなに持ってこなくても、というほどの大量のビールとハイボールを引っ提げてやってきたペー君家族。うちの妻が作った餃子を肴《さかな》に次々と缶が空いていった。

うちの息子（九歳）とペー君は初対面のはずなのになぜか意気投合し、今やマイクを奪い合うようにしてデュエットしている。ブルートゥースカラオケマイクは息子のお気に入りだ。知らない人のために解説しておくと、それはトイレットペーパーにマイクを突っ込んだような形をしている。そのトイレットペーパー部分がスピーカーになっていて、いつでもどこでもカラオケができるという一家に一台、ないし二台は欲しい優れた宴会アイテムだ。

一曲歌い終えて、出し切った息子が食卓に戻ってきた。ふと見れば、息子の茶碗にはまだご飯がたくさん残っている。

「きちんと食べなさい。米を育てた人がいるんだから」

自分で口にしたはずのその言葉は、ある古い記憶を呼び覚ました。

あれはそうだ二十年前、まさに映画学校の学生時代。僕とペー君は同じ卒業制作のチームにいた。僕らが通っていた映画学校の最終年度は、一本の卒業制作を作ることだけに一年間を費やす。いかにいい映画を作るかを日々話し合い、いざ撮影が始まると、寝食を共にして打ち込んだものだった。

そんな撮影合宿のある晩の出来事だ。その日、チームのみんなで一緒に夕食を食べ終えて、さあ皿の片付けをしようという時にペー君が言った。

「これ誰の茶碗!?　俺こういう食べ方嫌い」

目をやると、綺麗に平らげられた茶碗の中に一つだけ、米粒がびっしりとついた茶碗があった。みんながその茶碗を見て、一瞬の沈黙が流れたが、特に誰が何を言うでもなく、片付けは進められていった。

僕は黙っていたが、実はそれは僕の茶碗だった。おまけに僕はそのことを心底どうでもいいこととしてとらえた。

「つまらないことでガタガタ言うなよ、たかが米粒じゃん」

そんなふうに思っていたと思う。

僕にとっての食べ物は、コンビニやスーパーで売っているものであり、あくまで金を出して買うもの。それ以上でもそれ以下でもなかった。田んぼはおろか、畑に立ったことすら一度もなかった僕にとって、それは正直な実感だった。

「きちんと食べなさい。米を育てた人がいるんだから」

自分の息子に向かって言ったはずのその言葉は、記憶と時空を歪《ゆが》めて、はるか二十年前の自分の耳の奥底へと吸い込まれていった。

プシュッ。

新しいビールの缶を開けて、うまそうにゴクゴクと飲んでいるペー君。

すっかり髪も髭も伸びて、見てくれは多少変わったが、隣にいるのは紛れもなくあの時のペー君だ。僕にはある一つの確信があった。

「ペー君、実家で誰か田んぼとか畑やっとる?」

「ばあちゃんが周南の山ん中でやっとるよ。年取ったからだいぶ狭くしたみたいやけど、まだ元気にやりよる」

やっぱりそうか、と僕は思った。

ペー君にとっての米粒はおばあちゃんの生きている証《あかし》だ。きっと目を瞑って、ご飯を噛みしめれば、周南の山奥の田んぼが目に浮かぶだろう。水田の中で田植えをしているおばあちゃんの手や、実り育っていく風に揺れる稲穂を思い描けるだろう。

そんなことをぼんやり考えていたら、どこからか「北の国から」のテーマ曲が流れ始めた。酔いの中での幻聴ではなかった。
それはカラオケマイクから流れ始めたものだった。再びぺー君と息子のデュエット
が始まる。
「ラーラー、ララララーラー」
なんで？
なんで今北の国からなの？
「ルールルルルルルー」
歌の合間でキタキツネを本気で呼び始めるぺー君。
いないよ。
いないんだよ。
周防大島にキタキツネは。

あのカオスの夜から数日経って、僕はこれを書いている。
そして書きながら大変な発見をしてしまった。

足元に転がっていた見慣れないペットボトル。なぜかティッシュで蓋をされている。

なんだっけこれ？

手にとって拾い上げてみると、爪の先ほどの小さなカタツムリ数匹と千切られたキャベツの葉っぱが入っている。そういえば酔っ払って忘れていたが、ペー君の小さな息子がこんなものを大事そうに持っていたような。

カタツムリは当然のようにカラカラに干からびて死んでいた。

おお。

命よ。

Ⅲ

ふたり旅

イスタンブール空港に降りたって一番先に目に入ってきたのは、オレンジ色の服を身に纏ったレスキュー隊員たちだった。日本からずっと同じ飛行機だったのだろう。整列し、何かを話し合っている様子だ。

原因はわかっている。昨日トルコで起きた巨大地震だ。

発生したのはちょうど僕と母が日本を出国する数時間前のことだ。トルコを襲ったその巨大地震の被害は計り知れない。

イスタンブールと震源地は遠く離れてはいたが、それでも影響は大きいようだった。

時間はまだ早朝だったが、空港のロビー、ベンチや待合所で熟睡している旅行客も目に入った。どうやらキャンセルになった飛行機もたくさんあるようだ。

空港の巨大な液晶画面の前でさまざまな国籍の人たちが自分のフライト情報をチェ

ックしている。僕らも心配な気持ちで、次に乗る飛行機の番号を探した。

イスタンブール発、ローマ行き。

予定より一時間遅れに変更されていた。ほっと息を吐いた。キャンセルにならなかっただけでもよしとしなくては。

イスタンブール空港、世界への玄関口と呼ばれる最大級の国際空港だ。

その名に違わず、空港内にはありとあらゆる人種がひしめいていた。白人、黒人、アジア人はもちろん、インド系やアフリカ系の人、中東の人。

世界中すべての人種を集めてきたようにすら思えた。

見たこともない朱色の大きな布を被った一団に遭遇する。どこかの国の宗教者たちだろう。一人の老婆が長い下りのエスカレーターに乗ろうとするも、震えて、泣き崩れるように悲鳴を出した。どうやら生まれて初めてエスカレーターに乗るようだ。同じ一団の男性に抱き抱えられるようにして、一歩一歩エスカレーターに進んでいく。なんとなく手を貸したい気持ちになるが、手は足りているようだった。心の中で見知らぬその老婆にエールを送る。

だだっ広い空港の廊下をピーピーという機械音と共に電動の運搬車が走ってくる。乗せているのは荷物ではなく人間だ。僕のすぐ目の前を静かに走り抜けていく。続け様に二台。

乗っていたのは明らかにインド人の風貌。一台目は男性で二台目は女性。年齢にして六十歳前後。おそらく夫婦なのだろう、二人はそっくりだった。性別こそ違えど、放っている空気感も、そのでっぷりとした体格もまったく同じだった。

おでこの中心には何かの宝石。そして遠くを見つめる気位《きぐらい》の高い眼差し。

マハラジャだ、僕はそう思った。

乗っているのは運搬車だが、不思議なことに象に見えてくる。彼らは自分の国では象に乗っているにちがいない。何かいいものを見たような気がした。

十二時間という長かったフライトですっかり縮んでしまった体がギシギシいっていた。

顔も洗いたいし、歯も磨きたい。体を伸ばしてトイレに入ると、みんな考えていることは同じなようで、トイレはとても混んでいた。長い列に並ぶ。一人の白人がその順番を勘違いして横入りすると、アジア人が大声を上げて牽制した。どうやらみんな時差ぼけでイライラしているようだ。

備え付けられている小便器の高さが日本よりもずっと高く、外国へ来たことを再認識させられた。

用を済ませようとするも、便器には澱んだ黄色の液体が溜まっている。隣の便器を覗き込んでみたが同じことだった。仕方なくその便器で放尿。排水溝の上には芳香剤の役目なのだろうか、花の形にあしらわれたゴムのシートのようなものが置かれている。ゴムの花の間から少しずつ流れていく澱んだ液体を見ながら、ふと下水道の中を想像してみる。

これほどまでに多様な人種の汚物を飲み込んでいる下水はどこにもないのではないか。それは言い換えれば、世界中のありとあらゆる種類の食べ物を消化している。

すべての栄養素を飲み込んだ下水。

ここは世界で最も多様性に富んだトイレなのではないか。肥溜めを作れば、もしかしたらすごくいい肥料ができるかもしれない。

これはとんでもない発見をしてしまったぞ。と、自分のアイデアに興奮したのだが、しばらくして、ものすごくどうでもいいことだと気がついた。

二時間ほど暇になってしまった僕と母は、空港のカフェで休憩することにした。

注文したのはオレンジジュース二杯と、「パイの実」のような小さなお菓子を二つ。合計一八ユーロ。一ユーロ一四五円で換金したのだから、日本円にすると三〇〇〇円近くか。オレンジジュースとパイの実だけで三〇〇〇円。

とんでもない物価だ。これは節約しなくては大変なことになりそうだ。

値段はともかく、トルコのバクラヴァという名のパイの実はとてもおいしかった。バターの風味が強いパイの中にたっぷりとピスタチオが挟まっている。小さいがすごく甘いので、たくさんは食べられそうにない。

そしてオレンジジュース。こんなのどこで飲んでも同じだろうと思っていたが、時差ボケでおかしくなっていた体にスーッと染み込むように潤いを与えてくれた。手絞りではなく、機械絞り。日本では見たことのない大きな機械の中で、大量のオレンジが皮ごとぐるぐると回り、押しつぶされて果汁だけが絞られていた。フレッシュ。

休憩している間に母は半世紀も前の昔話を始めた。

一九七二年。

二十歳の母が初めて飛行機に乗った年。それは今のように簡単に海外へ行ける時代ではなかった。

早くに祖父を亡くした母は決して裕福ではなかったが、十代から憧れ続けたイタリアのために、必死の思いで働き、お金を貯め続けた。

そうしてようやく手に入れた念願の航空券はモスクワとパリを経由しなければならなかったという。

パリに到着し、生まれて初めてのホテルで夜を明かす。

言葉も通じなければ、誰一人知人のいない外国では何もかもがわからずに朝食すら食べることができなかった。

羽田空港へ見送りに駆けつけてくれた叔母のお手製ちらし寿司弁当をホテルの部屋でありがたく食べたそうだ。東京からパリまでのはるか数千キロを一緒に飛び越えてきたそのちらし寿司弁当は、当然とも言えるだろう、腐っていた。完食した母の腹を襲うことになる。洋式トイレはまだ日本では珍しかった時代だ。不慣れな母は、おちおち座っていたのでは出るものも出ないと、便座の上に足を踏み締めて、和式のようにまたがって用を足したという。

我が母ながら圧巻である。

パリの空港から、いよいよイタリア行きの飛行機に乗ろうという待ち時間、母の腰掛けていたベンチの隣にイタリア人紳士が座ってきた。

顔を覗き込むと、それはイタリアを代表する名優マルチェロ・マストロヤンニだった。映画「ひまわり」やフェリーニの「甘い生活」、スクリーンの向こう側に観ていたマストロヤンニ本人に奇しくも遭遇したのだ。

あえて例えるなら、映画「男はつらいよ」に憧れて日本へやってきた外国人の隣に渥美清が座るようなものだ。

「ダーティーハリー」に憧れたならクリント・イーストウッド。

「燃えよドラゴン」でいうならブルース・リーだ。

母は腰を抜かすほど驚いたが、話しかけないわけにはいかない。

思い切って口を開いた。

マストロヤンニさんですか？

私はあなたの映画のファンです。

私は中学生の頃からずっとイタリアに憧れていて、今まさに初めて行くところです。ペルージャの語学学校でイタリア語を学びに行くんです！

興奮して話す母に、マストロヤンニは温かな眼差しとその独特の優しい声でペルージャという街がいかに素敵なところか教えてくれた。そして母の小さな手帳にサインをし、握手をして去っていったという。

その大きな手の包み込むような感触を昨日のことのように思い出すと母は言った。

当時、女優カトリーヌ・ドヌーヴとの間に子供がちょうど生まれたところだったから、あれはフランスにいる子供に会いに行った帰りだったのだろうと、ずっと後になってからそう思ったそうだ。

母は今年七十二歳になる。

重い緑内障を患っていて、日に日に視野が狭くなってきている。目がまだきちんと見えているうちに、もう一度イタリアに行きたい。イタリアの友人たちを訪ねたい。

二十歳で初めてイタリアを訪れて以来、その後も何度となくイタリアを旅してきた母だが、きっとこれが最後の旅になるだろう。

一人ではもうとても行けないという母を連れて、僕は今回初めて一緒に旅に出ることにした。

初めてのヨーロッパ。初めてのイタリア。

そして最初にして最後になるだろう母とのふたり旅。

羽田を出発する際に、パスポート写真を見ての本人確認があった。

係の女性からマスクを外すよう促された母は、笑顔でマスクではなくメガネを外し、係員を凍り付かせた。

そしてイタリアでの入国審査の時も、カメラの前で顔を撮影されるのだが、マスクを外してくださいという係員の声を無視して、何を思ったかまったく理解できないがマスクを外さずに力ずくでゲートを強行突破しようと試みていた。

これはなかなかに大変な旅になりそうである。

ソリアネーゼ

ローマ空港に降りたち、税関を通過した時、すでに東京を出てからおよそ二十二時間が経過していた。

税関の自動扉が開いたその先で待っていてくれたのはスジーとステファノ夫妻だ。母の友人であり、日本語をとても上手に話す二人はイタリアでガイドの仕事を営んでいる。僕は会うのは初めてだったが、話にもよく聞いていたし、日本語も通じるからなのか、なんだか初めて会ったとは思えなかった。二人の優しい笑顔にすっかり安心してしまった。

ローマから一時間かけて、彼らが暮らすヴィテルボ県ソリアーノまで車で向かう。道中の車内ではさまざまなイタリア語が行き交っていたが僕には到底わかるはずもなかった。

なにしろ僕の知っているイタリア語といえば、
ボンジョールノ（こんにちは）。

ブオーノ（おいしい）。

チャオ（またね）。

この三つの言葉だけだった。

だがそれでも車窓から見える初めてのイタリアの景色にまったく退屈することはなかった。

首都であるローマは大都会なのだろうが、空港からフィレンツェ方面へと北上していくその道からは大きな建物は何も見えなかった。

見えていたのは平原だ。広大な平原に時おり、馬や羊が草を食《は》んでいるのが見えた。ポツリポツリと建っている小さな家。オレンジの瓦に、石の壁。見慣れない住居がはるか遠い異国まで来たのだなあと実感させてくれた。

道中、植物も見慣れないものが多かった。広大な敷地に一定の間隔で綺麗に植わっているから何かの果樹園だろう。聞いてみると、それはヘーゼルナッツの木だった。

イタリアにある三大産地の一つなのだという。このヘーゼルナッツのほとんどがヌテラというチョコスプレッドの原料になるそうだ。それはまさしく僕の好物で、今まですいぶんと食べて生きてきた。思わず、お世話になっていますと頭を下げた。

遠くに美しい山並みが見えていた。

あの山はなんていう名前なの？　指差して聞くと、ステファノはごく真面目な顔で、

「あれはフジサンです」

と教えてくれた。え、富士山？

「そうあれが有名なフジサンです」

へ？

こちらが間の抜けた声で聞き返すと、一瞬の沈黙を経て、ステファノの真顔はほどけてハッハッハーと大きな声で笑いだした。どうやらこの人は完全に面白おじさんのようだ。

この人は嘘つきだから気にしないでと、スジーが呆れ顔でフォローする。

イタリアではミラノに暮らす人のことをミラネーゼというそうだ。ソリアーノに暮

らすスジーやステファノはソリアネーゼということになるらしい。

日本でいうところの大阪人のようなことだろうかなどと僕が考えていると、ステファノは俺たちはソリアネーゼだと言ってニヤニヤして、僕の顔を覗き込んでくる。何かこちらの反応を待っているようだ。

え？　どういうこと？　僕がわからないでいると、これは日本語だろうとステファノは言う。

ソリアネーゼ？　そりあねーぜ？　ああ！　そりゃねえぜ！

やはりステファノは大笑いだ。めちゃくちゃ明るくて楽しいこのおじさんを僕は一発で好きになってしまった。

一時間と少しかかって、スジーとステファノの家に到着した。

標高一〇〇〇メートルを超すチミーノ山の中腹にある家だ。隣の家までどれくらい離れているだろう、というかそもそも隣に家がない。家々は離れたところに点在している。所狭しと住宅がひしめく東京はもちろん、周防大島からしても信じられない家の距離感だ。

扉を開けて一番に出迎えてくれたのは犬のモモだ。一歳の大きな犬でとても人懐っこい。ボーダーコリーと何かの雑種だそうで、昔実家で飼っていたダックスフンドに顔がそっくりだったからすぐに仲良くなってしまった。

子供たちも学校から帰ってきた。ルーカ（十三歳）とサラ（十二歳）だ。

家族四人に加えて、僕と母が交じっての食事。

スジーは料理を教えるほどの腕前だと聞いていたが、それはまさしく本当だった。作ってくれた料理のおいしいこと！

トマトソースのペンネにはストラッチャテッラという真っ白なソースのようなチーズ、その上にバジルの爽やかな緑色のペースト。イタリアの国旗と同じ色であるその料理は記念日に食べるものなのだそうだ。

スライスしたオレンジの上にフェンネル（ウイキョウ）の根を刻み、バルサミコ酢をかけたサラダも絶品だった。さらにパンの上にかけた香り高い自家製オリーブオイル。八〇本ものオリーブの木が敷地内にあるそうで、すべて自分たちで世話をしている。自分の家の分だけでなく、親戚や友人にもオリーブオイルをあげるほど収穫できるらしい。

すぐ近所でできたという白ワインに、食後に飲ませてもらったコーヒーのリキュール。どれもがはっきりと記憶に残る。

日本から持ってきたお土産を渡す。

いろいろと持ってきたが一番喜ばれたのは、なんとどら焼きだった。母がテーブルに置くやいなや、四人から歓声が上がった。

「ドラヤ〜キ〜!」

母が日本で準備しているのを見た時には、「そんなもん持ってってどうすんねん、イタリア人てドラえもんなん?」と心の中で関西弁でツッコんでいたが、ここでは奪い合いになるほど、どら焼きは人気者だった。

マグカップの戸棚にはなんとドラミちゃんのカップまで置いてあるじゃないか。こんなことならメロンパンも持ってくるべきだった。

晩ご飯の後にみんなでテレビに釘付《くぎ》けになる。

放映されていたのはサンレモ音楽祭という、日本でいうところの紅白歌合戦のような番組だ。五日間も開催されるという歌の祭典。

昨日の視聴率は六七パーセントだったらしい。耳を疑うような数字だ。イタリア人はよほど歌が好きなのだろう。面白いのは全国民が投票権を持っていること。誰もが一〇票持っていて、出演者の誰に投票してもいい。一〇票すべてを一人のアーティストに投票してもいいそうだ。

誰に投票するの？

子供たちに聞いてみると、それぞれ推しのアーティストを教えてくれた。ステファノがそれをからかうと、ルーカもサラも睨み返して、そのアーティストのすごさを話す。みんないたって真剣だ。

そしてアーティストの誰もがそのステージで新曲を初披露するという。

驚いたのは高齢の歌手も続々と出てきて歌っていたことだ。こういう番組は人気のある若い歌手に偏りそうなものだが、そうではなかった。若手の歌手だけでなく、年配の歌手が一位になることも珍しくないそうだ。

年齢にかかわらず、共通しているのはどの歌い手もとてもエモーショナルだということだ。情感たっぷりに歌い上げるその姿に思わず目を奪われた。

中でも一番僕の目を引いたのは日本で言えば北島三郎的な存在だろう、八十歳だという一人のベテラン歌手だ。途轍もない声量で歌い上げるその顔には照明が照らされ、汗がギラギラと光る。そして歌の合間でなぜか激しく腕立て伏せを始めるという珍プレー。五十年以上も前からその歌手のファンである母も大笑いだ。

こういったイタリアの熱い歌こそが、十代の母の心を摑《つか》んだものだった。

その情熱的な歌に惹き込まれるようにして、イタリア語の勉強を始めたそうだ。インターネットも何もない時代、唯一の頼りは一冊の辞書だったという。歌詞を見ながら、一つひとつの言葉の意味を調べていったそうだ。

似たような話をこのスジーの家でも聞くことができた。

本棚にはたくさんの日本語の本がぎっしりと並んでいた。日本人の僕からしても読むのが難しそうな小説や哲学書まで置いてある。一番思い入れのある作品はどれなのか聞いてみると、一冊の本を手渡してくれた。

「『伊勢物語』です」

学生時代に勉強していたというその本は、幾度となくページが開かれてきたのだろう、色褪せ、擦《す》り切れていた。ページを開くと、中には無数の書き込みがある。日本人であるにもかかわらず、この古典作品を読んだことがない僕は少し恥じらいを感じながらも、どんなところに魅力を感じるのか尋ねてみた。

「美しいと思いました。好きな人に恋の詩を送るということや、季節を大事にすること。それから色や香りまでを大切にする。まるで知らない世界でした。その世界がとても美しいと思いました」

どこか遠くの景色を思い出すように、スジーはゆっくりとそう話してくれた。

翌朝、目を覚ますと雨戸の隙間からオレンジ色の朝日が差し込んでいた。どうやら天気はとてもよさそうだ。

外へ出てみると、山の中腹にいるだけあって、とても眺めがいい。空気は肌を刺すように冷たかったが、とてもいい気分だ。朝日に照らされる向かいの山の木々が光っている。聞いたことのない鳥の声に耳を澄ます。エンジン音も何も聞こえない静かな世界。二日酔い気味の自分が吐き出す白い息さえも自然の一部になったようで、少しだけ美しいものに思える。

モモが元気よく足元まで走ってきた。遊んでくれと言いたげなその顔には幼さがあってとても可愛い。一緒に庭を歩いていると、モモは屋根の上に向かって吠え始めた。屋根には猫が尻尾を垂らして座っている。モモは飛び上がって吠えるが、決してそこには届かない。モモをからかっているのか、眠たそうな猫は尻尾をぶらつかせている。

その猫の態度が拍車をかけて、より一層興奮するモモ。庭をすごい速さで駆け出し、僕の体にも飛びかかってくる。

大きな犬を飼うのが長年の夢である僕も、嬉しくなって一緒にモモと駆け出した。

次の瞬間、事態は一変した。足の下に嫌な感触が走った。糞である。庭の真ん中に糞である。やはりこれも間違いなく自然の一部ではあるのだが、どこも美しくはなかった。ただ臭かった。

なになに？　どうしたの？　早く一緒に遊ぼうよ。

そんな嬉しそうな顔で近寄ってくるモモ。屋根の上の猫は大きな欠伸《あくび》をしている。
そりゃねえぜ。

ワンダフルライフ

大きな声だった。

ケンカでも始まったのだろうかと、僕は思わず振り返った。

街の雑踏、人混みの中を歩いている一人の黒人女性が目に入った。黒い肌に赤い髪。細い紐《ひも》のように編み込まれた長い赤髪が美しく頭上でまとめられている。彼女は確かに大きな声で何事かを話している。いや、叫んでいると言ったほうがいい。彼女の言葉は虚空へと向けられていた。空を仰ぎ、大声を上げる。あるいは地面に向かって、口を尖らせ強い言葉を発している。

イタリア語がわからない僕には、彼女が何を話しているのかもちろん理解できない。立ち止まっていた僕には目もくれず、彼女は僕を追い抜いていった。

彼女は叫び続ける。驚くほど大きな声であるのに、街ゆく人は誰一人彼女に興味はないようだった。それどころか誰も彼女の存在に気づいてすらいないように思えた。大声で叫んでいる彼女の横を、まったく見向きもせずに大勢の人が通り過ぎていく。あり得ない状況が現実味を薄めさせ、白昼夢を見ているような気になった。

横断歩道で信号を待つ彼女と再び一緒になった。さっきまでの大声がまるで嘘だったかのように、彼女は静かだ。さりげなく横顔を覗き込むと彼女の目に涙が溜まっていることに気がついた。信号が青になり、彼女は音もなく歩き始めた。

彼女の去っていく後ろ姿を見ながら、もしかしたらあの叫びは祈りだったのかもしれない。さっきまでの言葉は聖書の一説か何かだったのだろうか。なんの根拠もないのだが、そんな気がしてならなかった。

僕はミラノの街角に立っていた。

母の古い友人に母を任せて、積もる話もあるだろうと、一人で街へ出てきたのだ。考えてみればヨーロッパの街を一人で歩くのはこれが初めてのことだった。

僕が普段暮らしている島とは何もかもが違う。

そもそも島では知っている人に会わないというのは難しいことだ。コンビニでもホームセンターでもスーパーでも、どこにいても誰かしら友人や知人に遭遇し、挨拶を交わすのが日常だ。車ですれ違うほんの一瞬の間ですら、手を振り合うような日々だ。

僕はこの日、まったく逆の体験をした。当たり前のことなのだが、誰一人として僕のことを知らない。それどころか言葉すら通じない。街の中を一人で歩く時、僕は完璧なまでに他者だった。誰も日本語を話すことはできないし、僕にはなんの興味もない。まるで自分が透明人間にでもなったかのような気分だった。首から下げていたカメラだけが世界とのつながりであるかのようだった。

ビルとビルの間の路地に卓球台を並べて、笑い合いながら卓球に熱中する若者たち。紙の手作りボールを蹴り合いながら駆けていく子供たち。

信号待ちの自転車でイヤホンの音楽に意識を集中しているのだろう、目を瞑っている若い女性。

家に帰る途中だろうか、リュックを背負った少年はとても嬉しそうに体を揺らして歩いていく。

夕暮れ時、橋の上でタバコをうまそうに吸っている青年は鼻の穴から勢いよく煙を放つ。

橋の反対側の歩道には哲学者のような初老の男性が物思いに耽《ふけ》りながら、夕陽を背に歩いていく。

偶然にそこで再会したのだろう、大きな歓声を上げて抱きしめ合う二人の女性。

三人組のおじいさんがエスプレッソを飲みながら何かに熱弁を振るっている。

レストランの窓際で食事をしている女性。彼女が顔を上げると、花束を持った男性がガラス越しに彼女を見つめて立っている。

僕はファインダーすら覗かずにたくさんのシャッターを切った。

写真を撮りながら思い出していたのは、「ワンダフルライフ」という一本の映画だ。学生時代に好きだった若き是枝裕和《これえだひろかず》監督の名作で、テーマは自分の死後に人生を振り返るというもの。自分の人生のすべての瞬間が映画のように記録されていて、自分が死んだ後に一つの場面を選ぶことができる。その選ぶ場面、そこにある気持ちこそが、その人にとっての天国であるというような話だ。

旅の中、すれ違っていく大勢の人々の表情を見ながら、その誰しもに、人生という時間が同じように流れているという当たり前のことが、なんだかとても不思議に思えた。

もしも映画のように神様か誰かがすべての人の人生を記録しているとするなら、それはあるいはカメラのようなものかもしれない。

ほんの瞬きほどの時間だけだが、カメラは誰かの人生に居合わせることを可能にしてくれる。

日の暮れた街角、お菓子屋の前で、赤ちゃんを膝に乗せて座っているおじいさんがいた。身なりからしてこの人がお菓子屋の主人だろう。閉店前のお店の中にはピンク色のエプロンと帽子を身につけた奥さんらしきおばあさんが忙しそうに立ち働いている。

可愛い赤ちゃんと目が合って、思わず足を止めて微笑んでしまった僕に、おじいさんは優しく笑いかけてくれた。無表情だった赤ちゃんが突然体を起こし、一点を食い入るように見て笑い始めた。

視線の方角から現れたのはお兄ちゃんなのだろう、十歳くらいの少年が鞄を背にどこかから帰ってきた。兄も弟を見つめて近づいていく。二人のキラキラとした視線が交わり、手を取り合う。それを温かい目で見ているおじいちゃん、店の入口からその様子を見て嬉しそうにしているおばあちゃん。あるお菓子屋の店先で、一つの家族の幸せがスローモーションのように滲み出していた。

こんな家族の風景が世界中のどこにでもあるとするなら、それほど悪い世界ではないのかもしれない。

一日中歩き続けてすっかり足がくたびれてしまった。

空はすっかり暗くなっていたが、街の広場は街灯で照らされていた。どこか温かい色をした街灯だった。街灯の下にあるカフェの外のテーブル席に腰掛け、飲み物を注文した。散歩している時に、やたらと目についたうまそうな赤色のカクテル。あれをずっと飲んでみたかった。少し離れたテーブルでもその赤いカクテルを飲んでいる人がいたから、同じものをくださいと伝えた。

運ばれてきたカクテル。透明な赤い液体の中に氷が揺れ、オレンジの輪切りが浮いていた。普段カクテルなんて飲むことはあまりないが、これは見るからにうまそうな代物だ。一口飲んでみる。飲んでみて初めて、喉が渇ききっていたことに気がついた。驚くほどうまかった。少しだけ甘いが、ほろ苦い。爽やかな炭酸の中にオレンジの酸味が加わる。そうやって飲むものではないのだろうが、気づいたら一気に飲み干してしまっていた。グラスをテーブルに置いて、息を吐き出した時に、一人の褐色の肌をした男が僕に近づいてきたことに気がついた。男はたくさんの光る棒を持っていた。子供向けの玩具なのだろうが、まったく見たことのない物だ。しなっている細い棒の先に大きな風船のような球がついていて、その球体がうっすらと虹色に光っている。柔らかい杖の先で大きなシャボン玉が固まったような、不思議な物体だ。うちの子供が見たらすぐに欲しがるだろうと思うのと同時に、こんな大きなものは絶対にスーツケースに入らない。どんな売り文句を言われても絶対に買わないぞと心に誓った。

イタリア語で話しかけられたが、何を言っているのかわからない。英語で返してみるがまったく通じない。そうだった。売り文句どころか、そもそも言葉がわからないのだ。

男は自分のことを指差して「アリ」と何度も言っている。名前なのだろう。状況がよくわからなかったが、反射的に僕も自分を指差し「ケン」と言ってみた。ケンタロウだと発音しづらいだろうと思って口に出してみたが、バービー人形の隣にいる爽やかでマッチョな歯の白すぎる男が頭にチラつき、なんとなく嫌な気分になった。なんとか気を持ち直すために、日本人の正統なケン、つまり高倉健を必死に頭に思い浮かべた。僕が昭和生まれだからだろうか。これは思った以上に大きな効果があり、気分が落ち着いた。

アリはごく自然に隣の椅子に腰掛けた。え？　そこに座るの？　驚いて少しドキドキしたが、何も動じることはない。何しろこちらには健さんがついている。

白人ばかりが行き交う中で、アリは褐色の肌で目立っていた。周りにはアジア人もいなかったから、こちらも少し目立っていたのかもしれない。アリはポケットからタバコを取り出し、こちらに勧めてきた。ここでタバコをもらってしまったら、この変な光る棒を売りつけられるにちがいない。警戒していた僕はそれを手を振って断った。

タバコに火を点《つ》けるアリ。

アリは優しい口調で話しかけてきた。その声は見た目に反して甲高《かんだか》かった。

「ファミリア？」

……ファミリア？　ああ、家族ってこと？　いるよ日本に。ジャパンに。アリもいるの？

「シーシー。……バンビーノ？」

バンビーノ？　ってなんだっけ？　子供？　キッズ？　うん、いるよ二人。ボーイとガール。アリは？

「シーシー。バンビーノ」

アリは笑顔でうなずいた。僕は地面を指差して聞いた。ここに子供がいるの？　イタリアに？

「ノー」

笑顔が消え、悲しそうな顔で首を振るアリ。どうやらアリは外国人で、自分の国に家族を残してきているようだった。イタリアの移民政策について僕が知っていることは何もない。街の中でアリと同じ肌の色をした人を何人か見かけたが、それはみんなウーバーイーツの自転車に乗る人たちだった。きっとみんなそれぞれが出稼ぎのようにどこか外国から来ているのだろう。

その日は風のない日だった。アリの吐き出した煙は街灯の黄色い光を浴びて、とてもゆっくりと街の空へと昇っていった。アリは灰皿でタバコを消し、立ち上がった。

「チャオ、ケン」

握手を求めてきたアリの手を僕は握った。チャオ、アリ。

たくさんの光っている変な棒を抱えて、街の雑踏へとアリは消えていった。結局一度も買ってほしいと言われることはなかった。こんなことなら一緒にタバコを吸えばよかった。もう何年もタバコを吸っていないのにそう思ってしまったのは、きっと街灯を浴びたあの煙がものすごく綺麗だったからだ。

ファミリア。

アリの言ったその言葉が妙に耳に残っていた。

ベッラビータ

僕は母と二人、列車に乗っていた。

「世界の車窓から」というテレビ番組を幼少期に見ていたこともあって、初めてヨーロッパの鉄道に乗るのだと、乗車する前、僕は少なからず興奮していた。窓の外に広がる雄大な景色にどれほど自分は圧倒されるのだろうかと。だが、そんな期待は列車に乗った瞬間にあっさりと粉々に打ち砕かれた。

窓が汚ねえ。

なんにも見えねえ。

水垢《みずあか》なのかなんなのか、驚くほどに曇っている。せっかくの窓際の席もこれではまるで意味がないじゃないか。途中の停車駅で停まるたびに、ダッシュで外へ行って窓を拭きたい欲求に駆られたが、日本の鉄道と違って、列車はなんの予告もなく急に発車する。「世界の車窓から」のスタッフは撮影よりも何よりも前に、まず窓拭きのプロであるにちがいない。

途中の駅で大きな花束を抱えた若いカップルが乗ってきて、僕たちのすぐ目の前の席に座った。ケント・デリカット似の金髪メガネくんの隣にはペネロペ・クルス似の黒髪のスレンダーな美女。

さすがは愛の国イタリア。二人は人目も憚《はばか》らずにキスを始めた。すごい。はっきり言ってすごい。濃厚すぎる。

窓の外がまるで見えないこともあり、ますます目のやり場がない。見たいわけではないのだが、いや本当は見たいのだが、どうしても視界に入ってきてしまう。ふと隣の席を見ると、頻《しき》りに歯間ブラシを動かしている母がいる。食べていたサンドイッチの破片が詰まったのだろう。確かにさっきのハムチーズサンドはやたらと固かった。老いた母の歯の間にカンパーニュが詰まっていることは容易に想像できた。

ケントはペネロペとチュッチュしている。母は歯間ブラシでシャコシャコしている。

ケントはチュッチュ、母はシャコシャコ。チュッチュシャコシャコ。

もしも一瞬で誰かと入れ替わるという魔法が一度だけ自分に使えるなら、今この瞬間にケントに使うぞ！　と、全力で念じて目を見開いてみたがそんな魔法は使えなかった。

やがて列車が停車し、ケントたちは降りていった。汚い窓越しに目をこすりつけるようにしてうっすらと見えたのは、ホームで彼らを待っていたらしい老夫婦が二人をハグする姿だ。幸せそうな四人。結婚の挨拶に帰郷したのかもしれない。通りすがりの東洋人に、こんなにも見つめられていたと彼らが知ることは決してないだろう。さようならケンロペ、お幸せに。

僕と母の旅の最終目的地はドモドッソラという街だ。

山を一つ越えればスイスという、イタリア北端の街で観光客のいないとても静かな美しいところらしい。

僕がこの街の話を今まで何度も聞いてきたのは、母にフランチェスカとレグラというスイス人の双子姉妹の親友がいるためだ。彼女たちが暮らしているのはスイスだが、たった三十分列車に乗るだけで国境を越えて来られるという。島国で生まれ育った僕からすると、どうしてもこの列車で国境を越える感覚というのがわからないのだが、実際スイスでの物価高騰の影響もあって、多くのスイス人がドモドッソラの街の土曜市を目指して買い物に来るそうだ。

僕らがドモドッソラの駅にたどり着いたのはそんな土曜日のお昼頃だった。

母とホームをいそいそと歩いていると、前方から初老の女性二人組が駆け寄ってきた。フランチェスカとレグラだ。母と二人の抱擁はとても長く、久しぶりの再会を祝うようだった。

僕は初対面だったが、小さな頃から彼女たちの写真は見ていたし、何より母に接するその態度に愛情が滲み出ていることにとても親近感を持った。

母の荷物を運ぼうと二人は奪い合っている。自分で運べると母は言ったが、自分たちのほうが三歳若いんだと、すべての荷物を母から取ってしまった。

彼女たちは五十年以上も前に母が通っていたペルージャの語学学校の同級生だったそうだ。母が二十歳、彼女たちが十七歳の頃だ。

二人に先導してもらって僕らはドモドッソラの街へと歩き始めた。

静かな街、確かにそう聞いていた。

だが僕らが駅を降りて歩いていくと、ドモドッソラの街は狂乱の大騒ぎだった。

街の広場には音楽が溢れ、子供たちは仮装して紙吹雪を投げ合っている。真っ昼間だったが、飲み屋以外はどの店も閉まり誰もがコップを片手に乾杯している。

どうやら僕らは運がいいのか、悪いのか、年に一度のカルネヴァーレというお祭りの日にたまたま遭遇してしまったらしい。

大きな声で合唱する男たち。まるで野球の応援歌のような歌を、何度も繰り返し歌っては肩を叩き合い、大笑いし、酒を飲んでいる。

みんなさまざまな仮面をつけて行き交っている。金色の妖《あや》しげなマスクをつけた美しい女性。マリオとルイージに扮する女の子。スパイダーマンの男の子。バットマンの格好で酒を運ぶ腹の出たおっさん。肌を真っ黒に塗り上げて黒人女性に扮するおっさん。警察官の格好をしている男の子。

中でもひときわ僕の目をひいたのは、自転車に乗っている青年だ。彼の自転車には長い釣り竿のようなものが垂直に突き刺さり、そのてっぺんにラジコンの飛行機がくくりつけられている。胸にはラジコンのコントローラーと音楽が流れるスピーカーが装着されている。なんとも陽気な自転車だ。彼は街の人気者のようで、あちこちでいろんな人に声をかけられては頬にキスをされていた。

歩いていると建物の窓から黄色い大きな布が垂れ下がっているのが目についた。よく見てみると、どの建物の窓からもその黄色い布がぶら下がっている。あれは一体なんなのか？　不思議そうに眺めていると、フランチェスカが、あれはポレンタだと教えてくれた。ポレンタ？　それがなんなのかわからない僕の手を引くように、街の中心である広場へと連れていってくれた。そこにはいくつもの竈《かまど》が置かれ、薪で湯を沸かしている。男たちが竈の上の大きな寸胴《ずんどう》鍋を巨大な木べらでかき回している。なぜだかそこで料理をしているのはみんな男だった。広場のあちこちで湯気がモクモクと雲のように立ち昇っている。料理をしていた歯のないおじいさんが笑顔で一皿手渡してくれた。皿には黄色いペーストのような塊が盛られている。これがポレンタだという。僕には栗の入っていない栗きんとんにしか見えない。イタリアの赤飯のようなものだろうか。食べてみるとトウモロコシの香りが口に広がった。脇に添えられた大きな手作りソーセージと一緒に食べると、なんとも素朴でおいしかった。親指を立てて手渡してくれたおじいさんの笑顔が旨味を倍増させた。

広場の反対側に大勢の人が集まり始めた。どうやら楽団の演奏が始まるらしい。近くまで行ってみると、やはりド派手な衣装に身を包んだ男たちが楽器を持って準備している。僕のすぐ脇に一人のおばあさんがいた。彼女は周りの空間から少し浮いていた。灰色のとても地味な服を纏い、誰とも話していない。何かに怒っているのか、どこか具合が悪いのか、顔も仏頂面でまるでつまらなそうだ。

どん！　と、太鼓の音を合図に音楽が始まった。陽気なリズムに再び紙吹雪が舞い始める。赤いとんがり帽子の周りに黄色い花を何本もくくりつけた音楽家が、サックスを高らかに吹き上げる。するとどうだろう、隣のおばあさんまでもが体を揺らし、ステップを踏み始めた。クルクルと回りながら、笑みを湛《たた》えて指を鳴らしている。その一瞬の変わりように、思わずこちらも微笑んでしまう。これは魔法だ。音楽の魔法。気がつけば、おばあさんのすぐ隣で踊りを踊っている自分がいた。

翌朝、大きなエンジン音で目を覚ました。

飲みすぎたようで、頭が痛い。夜中に宿の部屋に戻り、窓を閉めたところまでは覚えている。確かそうだ。窓を閉めても、祭りの騒ぎはずっと部屋まで響いていたんだ。その音楽のリズムもなんだか心地よく、あっという間に眠ってしまったらしい。

すっかり寝坊し、慌てて準備をして外へ出ると、フランチェスカとレグラと母が準備万端で待っていた。今日は散歩に出かけるという。

二日酔いの身としては、はっきり言って散歩よりも睡眠が大事だったが今日は旅の最終日だ、そうも言っていられない。

街を歩き始めてすぐに、エンジン音の正体に気がついた。巨大な清掃車。大きなカバのような車体にぐるぐると回る電動ヤスリのようなブラシがついている。

そのカバの通り過ぎていった街の道は驚くほど綺麗で、昨晩の大騒ぎがまるで夢だったかのように街は静かになっていた。あの山のような紙吹雪は、もうどこにも見当たらなかった。

僕ら四人は街はずれの道から巡礼の山道へと入った。山道と言ってもきちんと整備された石畳で、とても歩きやすい。聞くところによると、この巡礼の道は世界遺産の一つであり、このドモドッソラがあるピエモンテ州内に他にもいくつか存在しているらしい。その道の所々に聖蹟というのか、聖書での場面を描いた彫像や祠《ほこら》が鎮座しているという。

歩いている人の姿は僕らの他になく、なんの音もしない。母がフランチェスカと話しながら前のほうを歩いていたので、自然に僕はレグラと話をするようになった。スイス人は多言語を話す人が多いという。レグラも四カ国語を話せるらしい。ドイツ語、イタリア語、英語、フランス語、いったいどんな脳みそになっているのか、羨ましい限りだが、彼女たちが暮らすスイスでは、一つの食卓でもいろんな国の言語が飛び交うのは当たり前のことだという。僕の拙《つたな》い英語を彼女はきちんと理解してくれたので、とても話しやすかった。

どうしてそんな話になったのか覚えていないが、レグラが僕に聞いてきた。

「健太郎って名前はどういう意味なの?」

難しい質問だった。親がどんな思いを込めて名前をつけたのか、これは学校の作文などでも度々登場するポピュラーなテーマだが、名付け親である父に聞いても満足のいく答えをもらったことはない。曰く、呼びやすい名前にしたかったとか。ここは漢字の意味で答えるしかない。健は健やか、健康の健だからヘルシー。太郎は男を意味するのだからボーイだ。ヘルシーボーイ。気がつくと僕はレグラにそう答えていた。答えた瞬間にすでに後悔していた。

ヘルシーボーイ。なんて愚かな響きだろう。四十を過ぎたヘルシーでボーイなおっさん。

返答に困ったレグラは、やや言葉に詰まりながらも、いい名前ね、と言ってくれた。

彼女はとてもいい人であった。

「リンカーネーションを信じる?」

リンカーネーション。知らない単語だった。ポケットの中の iPhone を取り出して、グーグル翻訳で検索した。生まれ変わり。転生。再来。

あー、輪廻のこと? 信じてるよ。とてもアジア的な、仏教的な考えだと思ってたけど、クリスチャンの人たちも信じてるの？

「人によるわね。私は信じてる」

じゃあ自分の前世がなんだったかわかったりする？

「ええ。東ヨーロッパの人間だった気がしているの。うまく言えないけど、そう確信したことが前にあるのよ」

母の前世はイタリア人だと思うよ。きっとレグラとフランチェスカとも友達だったんじゃないかな。じゃなきゃ五十年も友達でいられないよきっと。

レグラはぱあっと笑顔になって、前を歩いていた母たちに駆け寄って同じ話題を話し始めた。肩を叩き合って、笑っている三人。三人はそれぞれ七十前後の老いた女性たちだが、今、目の前で笑い合っているのは二十歳の母と、十七歳の美しい双子姉妹だ。彼女たちのそんな時代を見たことはないはずなのに、今まさに映像のように目の前に浮かんでいた。

自転車の青年が通りかかった。祭りの時に見たあの飛行機付きの陽気な自転車だ。フランチェスカとレグラは知り合いらしく、挨拶を交わす。

かっこいい自転車だね。飛行機がついた自転車なんてきっと世界に一台だけだね。日本語で話したから通じたはずはないのだが、彼は胸に取り付けたコントローラーで飛行機のプロペラを回して見せてくれた。僕が歓声を上げると、子供のような笑顔で手を差し伸べてきた。手を取り握手をすると、僕の目をじっと覗き込んで「ベッラビータ」と彼は呟いた。近くで見るとドキッとするほどに透き通った目をしていた。

腹の前に括《くく》り付けられているスピーカーからは、サンバのように躍動する音楽が響き始め、彼は颯爽と走り去っていった。

彼の背中を見ながら手を振っている僕のそばにレグラがやってきて、耳元で言った。

「彼は精神に障害があるの。だけどとても心の綺麗な青年よ。彼はあなたに今、『美しい人生を』。そう言ったのよ」

お祭りのための自転車だとばかり思っていたが、どうやら違っていたらしい。

彼の自転車にはいつもあのラジコンの飛行機が取り付けられている。

彼が力強く漕ぐペダルと一緒に、プロペラもいつだって回っている。

そしていつも陽気な音楽を街中に響かせながら疾走している。
きっとこれを書いている、まさに今この瞬間にも。

あとがき

島暮らしを始めて間もない頃、妻は生まれたばかりの娘を連れてよく家出をした。乗用車に乗り込み、走り去っていくその後ろ姿を、僕はいつも軽トラックで追いかけた。

だが当時乗っていた軽トラックは親分の友人が無償でくれたもので、なかなかのオンボロであった。何しろスピードが出ない。時速六〇キロがせいぜいで、それ以上出そうとするとエンジンが悲鳴を上げた。当然のように妻の車に引き離されていく。徐々に見えなくなっていく車の影は、やがて豆粒ほどの大きさになって消えていった。

周防大島には信号がほとんどないから、赤信号に捕まった妻に追いつくということもあり得ない。だが、軽トラックはしばらくすると妻の乗る乗用車に必ず追いついた。国道の脇にハザードを点けて停車しているからだ。ようやく追いつこうとするその寸前に、妻の車は走り出し、そして再び見えなくなっていった。

この世界で一番スローなカーチェイスを僕らは幾夜も繰り返した。

一番遠くまで行った記録は広島駅だ。

当時はまだ岩国空港ができていなかったから、東京へ帰るには新幹線に乗る必要があった。広島駅からのぞみに乗れば、数時間で東京だ。

島で古民家暮らし。

都会の友人にこの言葉を伝えると、「いいなあ、憧れるなあ」と言ったものも少なからずいたが、その実態はそんなに生やさしいものではなかった。

サッシはぴたりと閉まらず、冬はいつも隙間風に悩まされた。梅雨にはあらゆるものがかびていったし、夏は夏で大ムカデなどの虫の存在に戦慄《せんりつ》した。

便利なところでしか暮らしたことのない妻や僕にとって、毎日が挑戦だった。初めての田舎暮らし。初めての子育て。初めての養蜂業。周りに友人は誰もいなかったし、頼れる両親もいない。妻が逃げ出すのも無理はなかった。

あの時たどり着いた広島駅で、妻は長らく迷った末に、結局新幹線には乗らなかった。

何年も経ってから、もしもあの時乗ることを選んでいたら、二度と帰ってくることはなかっただろうと妻は言った。

人生にはいくつもの分かれ道がある。些細なものから、大きなものまで、無数に枝分かれしていく未来の中から、人は毎日何かを選び取って生きている。

どんな未来だって存在しうるのだろう。

本の中でも少しだけ触れているが、今また僕らは新たな門出を迎えようとしている。あの何もなかった土地に、海と広場を望むようにして、今や素晴らしい建物が立ち上がった。蜜蜂のミュージアムであり、レストランであり、蜂蜜のお店でもある。

その名を「MIKKE」とした。

子供が何か新しいものを見つけるように、ワクワクした気持ちで蜜蜂の世界に触れることのできる場所。そんな願いを込めて。

この本が発売される頃には、お店もオープンしていることだろう。

まさか自分たちが店を持つような未来が来るとはまったく想像していなかった。

そしてまた、自分の本が世の中に出るということも夢にも思ったことはなかった。


この本は二〇一一年に周防大島へ移住してからの十三年間の記録だ。

書き始めることができたのも、書き続けることができたのも、これはひとえにミシマ社の三島邦弘さんのせいである。いや、おかげである。

『ちゃぶ台』創刊時に原稿依頼をいただいてからというもの、拙い文章にもかかわらず、毎号必ず声をかけてくださった。

当初あまり好きではなかった執筆作業が、続けていくうちに、こうも楽しいものへと変わるとは思ってもみなかった。そんな自分を発見できたのも、しつこく誘い続けてくれた三島さんあってこそである。この場を借りてお礼を申し上げたい。

担当編集の野﨑敬乃さんに感謝したい。いつも素敵な感想と的確な助言をくれるあなたは最高の伴走者でした。野﨑さん抜きでは、こうして本という形になることは決してなかったでしょう。本当にありがとう。

装丁を快諾してくださった大島依提亜さんに感謝したい。憧れていた大島さんが引き受けてくださり、感無量でした。

そして最後までこの本を読み通してくれた読者のみなさま、心よりお礼を申し上げます。

もしもあなたがこの本を少しでも気に入ってくれたのだとしたら、ぜひ周防大島にも一度足を運んでみてください。きっと好きになると思います。

それではまた。

二〇二四年三月十一日

内田健太郎

初出

「島の暮らしと極楽浄土」
『ちゃぶ台 Vol.4』（ミシマ社、2018年11月）

「アロハ警察、山火事に遭う」
『ちゃぶ台8』（同上、2021年11月）

「はじまりの言葉」
『ちゃぶ台10』（同上、2022年12月）

「メメント森田さん」
『ちゃぶ台11』（同上、2023年6月）

「ペー君と茶碗」
『ちゃぶ台12』（同上、2023年12月）

ほか
「みんなのミシマガジン」（mishimaga.com）連載
「暮らしと浄土 JODO&LIFE」
（ミシマ社、2021年10月〜2023年11月）

上記に加筆・修正のうえ、書き下ろしを加えて
再構成しました。

内田健太郎（うちだ・けんたろう）

1983年神奈川県生まれ。養蜂家。東日本大震災をきっかけに、周防大島に移住。ミシマ社が発行する生活者のための総合雑誌『ちゃぶ台』に、創刊時よりエッセイや聞き書きを寄稿している。2020年より、周防大島に暮らす人々への聞き書きとそこから考えたことを綴るプロジェクト「暮らしと浄土 JODO&LIFE」を開始。2024年、みつばちミュージアム「MIKKE」をオープン。

極楽よのぅ

2024年6月18日　初版第1刷発行

著　　者　内田健太郎

発 行 者　三島邦弘
発 行 所　ちいさいミシマ社
郵便番号 602-0861
京都市上京区新烏丸頭町164-3
電話 075-746-3438
FAX 075-746-3439
e-mail hatena@mishimasha.com
URL http://www.mishimasha.com/
振替 00160-1-372976

装　　丁　大島依提亜

印刷・製本　株式会社シナノ
組　　版　有限会社エヴリ・シンク

ISBN 978-4-911226-05-6